雨过流年

YU GUO LIU NIAN

王伟帆 著

时代出版传媒股份有限公司
安徽文艺出版社

图书在版编目（ＣＩＰ）数据

雨过流年/王伟帆著.—合肥：安徽文艺出版社,2016.2
（2022.7 重印）
ISBN 978-7-5396-5674-8

Ⅰ．①雨… Ⅱ．①王… Ⅲ．①日记－作品集－中
国－当代②随笔－作品集－中国－当代 Ⅳ．①I267

中国版本图书馆 CIP 数据核字 (2016) 第 010822 号

出 版 人：姚 巍
责任编辑：宋潇婧　　王婧婧　　　　装帧设计：张诚鑫
....
出版发行　安徽文艺出版社　　www.awpub.com
地　　　址：合肥市翡翠路 1118 号　　邮政编码：230071
营 销 部：(0551)63533889
印　　制：山东百润本色印刷有限公司　　(0635)3962683
....
开本：700×1000　1/16　印张：18　字数：220 千字
版次：2016 年 2 月第 1 版
印次：2022 年 7 月第 2 次印刷
定价：59.80 元
....

列车下一站通向哪里

我跟王伟帆说，写作是一件艰苦的事情。有点像爬山，你不停朝上跋涉，甚至无暇顾及风景，最后终于爬到山顶了，四周看了看，然后你就原路下山。循环往复，如此而已。伟帆在电话中很兴奋，我以为他没有明白我的意思，但他其实很清楚。伟帆说自己这本书写了五年，像诗集，也像散文集，心情点滴，深夜顿悟，流水般。我开玩笑说，你这么写下去，过不了几年，就会著作等身，说不定真的成了一个诗人。伟帆认真地说，自己写得太幼稚，三年前的作品现在读起来恨不得删了重写。我很喜欢他的这个态度，不过我还是劝他不要删了。写作是需要岁月熬打的，百炼钢最终才能化作绕指柔。我们每一次书写，都是为了下一次书写做准备。每一天做每一天的事情，无所谓好，也无所谓坏，诚恳、真切、对得起书桌和台灯就行。

人的一生漫长又短暂，到老了可能反复写的只是同一首诗。年轻时不懂的事情，或许多过几次风霜就会慢慢明白。伟帆是我侄儿，这几年我也断断续续读过他的一些零星短文，是网络上比较惹眼的写作方式，跳跃、随性、灵光一闪中有一剑封喉的狠。我跟他母亲燕子说，伟帆写得好，语言上有感觉，应该鼓励他多读多写，多历练一下，眼界高了，出手自然潇洒利落。燕子姐让我为伟帆的新书写点东西，我想，伟帆的文字那么漂亮，我的确是应该为他写一点感触了。

伟帆的新书名字叫《雨过流年》。为什么取这个名字，我猜测可能是年轻人对青春岁月的憧憬和向往。我年轻的时候也这样，有点青涩，又有点自我，总觉得尚未深入的人世，仿佛是已经走过了的生活——今天将要结束，明天也将结束，唯有昨天难以结束，这是所有写作者心灵相通的地方。"列车的下一站通往哪里，列车的终点站通向北京"，我曾经以为这个世界上所有的火车都是开往北京的，这是我少年时的一个想法，没想到几十年过去了，伟帆依旧有这样的想法，火车呜的一声从月台开了出去，一开就开了几十年，真奇妙。

伟帆的文字纯净清澈，像是阳光下一块透明的玻璃，透过去，可以看见蓝天下熙熙攘攘的人群，还可以看见马鞍山的流水和金陵城外的树林，很有些郁达夫沈从文的味道，这味道很难学，也很难把握。沈先生在《学习写作》中说："永远不灰心，永远充满热情去生活、读书、写作，三五年后一成习惯，你就会从这个习惯看出自己生命的力量，对生存自信心工作自信心增加了不少，所等待的便只是用成绩去和社会对面和历史对面了。"我想伟帆肯定明白这个道理，所以我看见他在书中反复书写那些日常生活中的沉静之物。一杯拿铁咖啡或者一杯红茶，一个阳光灿烂的下午，一个青年独自坐在咖啡厅里，电车在落地玻璃窗外慢慢开，他的头顶有老式的电风扇在轻轻转动，一个青年在写诗。

颓废

窗外的雨已急停
明天会是一个晴朗的日子
路面的积水
应该不会残留太久吧

我喜欢这样朴素的诗。看上去简单，实际上是于无声处听惊雷，越慢越有味。像伟帆这样九零后出生的孩子，大抵喜欢的是陈奕迅、戴佩妮或者陈绮贞的歌，郭敬明、七堇年和安东尼的文字想必也是他们的偏爱。不过伟帆喜欢他们之外，似乎更加开阔自由一些。我看见他在文字中更多地提到苏格兰风笛和慕尼黑啤酒，也同样看见了他在李白墓前的徜徉和沉思，这是网络一代写作者中并不多见的状态。我想，这或许是因为伟帆少年时就经过良好的人文教育。这种朴素流畅的文字感觉，精心设计的谋篇布局，像马鞍山上的浮云，也像李白墓前的落叶，学是学不来的。

　　很多年前，我路过马鞍山，小梅姐和燕子姐陪我去看林散之纪念馆，伟帆也作陪一起去了。那天天气真好，采石公园里翠竹掩映，古柏森森，除了乱飞的鸟雀，没有几个游人。我不确定那时候伟帆是否已经开始文学创作了，不过他指点江山，针砭时事的样子颇有些大江东去浪淘尽的气势。"天下天平，也就没有什么可担心的了"。伟帆说："人生就是命啊，一个人一条命。"我看着他因为青春而闪烁着光芒的眼睛，恍惚觉得看见了年轻时的自己。写作的人身上或多或少都有这样激动昂扬的东西，宛若吹过屋顶的一阵清风，你触摸不到，但是在每一棵梧桐树下，你只要一站定，它就无声无息地吹拂过你的肩膀。

　　前两年伟帆也来过武汉。好像是夏天，我引他去东湖里面的落雁岛游玩。那时的他沉稳健壮了许多。人总是要长大的，这是天地之间的法则，没人可以抗拒。少年的心气迷人，但总归是要过去，接下来要继续的，一定是更加盛大宽阔的青年。我们坐在湖边的石板凳上聊天，东湖水不停拍打着岸堤，水杉静静在生长，远山一脉，起起伏伏，在晴朗的天空下显得清晰秀美。我问起他的近况，伟帆低声说："我马上要去北京念书了。"眉宇间似乎隐约有一丝忧愁。我读了两篇他带来的文字，心中暗暗赞叹，这流水般清澈的文字，想必已经写了好多吧！少年心高气傲，转到青年之后，文字中往往无端端有一些忧郁，这也是人之常情。我跟伟帆说："说不定读完书后你还是想回到你的马鞍山呢。"没想到一晃数年，毕业之后他真的回了故乡，还真的为我带来了这样一本记录点滴心情的诗文合集。好看极了！前两天伟帆在电话中说："舅舅你赶紧来马鞍山玩。"电话那头声音有点嘈杂，"我从前小不能陪你喝酒，现在长大了，你赶紧来，我陪你去喝慕尼黑啤酒！"我猜伟帆当时肯定在和朋友们吃饭，他小时候对我说火车的终点站通向北京，看来并不准确。火车鸣的一声开出了月台，一开就是几十年，我想下一站不是北京了，下一站应该是秋高气爽的马鞍山。

目 录
Contents

奇谈

发现云彩　受到影响　自发的出游　结果起得很晚
没有联系的事物　联系在一起
就好像玫瑰与亲情　不着调

奇幻的想象　梦境
受到启发　胡思乱想　胡乱说话　结果很内疚
玫瑰与爱情　这才像样

两天一小修　三天一大修
修修修　休休休
修到最后　终于会休

疯狂的日记　疯狂的人类
暴风雪　暴雪
自然现象　游戏厂商

By Me:Lovely Afternoon Tea

存在

　　Today 我起得很晚，看见牙刷里面的内涵。忽然发现，我真的好久远。湖边的景色，是火烧云衬出的秋天。下雨吧，下雨吧，就让万物在这枯荣中睡去！燃烧吧，燃烧吧，烈火的春天！

　　黄昏、日落、海边、海浪。浪花淘起的鱼虾的尸体，是夜行者的盛宴。那是人们所不知道的另一个世界……世纪的钟，敲响了第一声。中国没有管风琴的音乐，所以才没有了神的祭奠。

　　殇吧！残留的殇，殇是没有眼泪的。歌曲奏出殇的眼睛，悲妄的空洞。而我就在这欲火中重生，贪婪燃烧殆尽，虚无不存，在交点处，成为崭新的一面……

　　　　　　　　　　By Silver Swan 天鹅湖光

赞许

　　赞许，作为一种需要，广泛地存在着。其实，这是一种恶习。当赞许不再作为一种需要，内心才能获得真正的疗愈。

　　　　　　　　　内容来自《正能量》
　　　　　　　　　可爱的下午茶　笔记

无题

中午的太阳毒辣，街上的行人顶着日晒。偶尔有风拂过，却也只是树影婆娑。家里开了空调，电扇吹着冷风，还是不够。

人已经离开，我苦苦等待，没有结果。算了，忘记这段往事，继续向着未来的明日前行！

Lovely Afternoon Tea 太平猴魁

关于吃、减肥、雅的讨论

今天的 Diary 是关于吃的。

你吃过北方人制作的牛肉汤吗？

鲜美多汁的牛肉汤粉，用自家的圆饼蘸上两口，酥嫩的口感，引爆味蕾。

即便是一碗汤饮尽，依然回味无穷。

为什么要减肥呢？

因为爱美之心人皆有，减肥成了永远成立的定义。

到底要怎么减肥呢？

控制食欲 + 大量运动。

买回来了两本杂志，本来打算小啜着咖啡，细细品味优美的文字。

天鹅是优雅而得体的，黑天鹅是高贵的象征。

如果天鹅是银色的呢？

那么便是世间罕见的了。

买

　　新款带 Retina 显示屏的 MacBook Pro 要出了，攒了满满的银子，准备入手。OS X 用起来有待适应，可起码比 Win 的动不动死机要好吧。

　　前些天赶跑了一个讨厌的人。

　　接下来的日子，应该会悠闲很多。

Silver　Swan

京通

外面的天灰蒙蒙的　天空也有忧愁
动车前进的方向　平房　草木　在倒退
进京的路途一波三折
但往往在关键时刻总能化险为夷
也可以称得上是一种完整吧

已经没有上月的炎热
秋天的气息包围了这个国家的某些城市
极南　极北　两种全然对立的气候
却住着一样的人群　他们是中华儿女

列车的下一站通往哪里
列车的终点站通向北京

Swan　Lake

英伦腔与调

The sky is white
天空是懒散的淡蓝色 C5 在身边　没有音乐
吉他弹奏的是淡淡的忧伤　好像消瘦的面庞

My life wears green
这个城市的绿化越来越少
湖边亲昵的恋人们　趁着夕阳的光　在一片红霞中逐渐安详

I am a dark knight black
塞彬斯猎犬　狗与香肠的柔和　时间轴在空间里惆怅
到了彼岸远方　不回头　永不回头

written by Lovely Afternoon Tea

冬忍

　　中秋过去了，月亮的影子慢慢消失，隐藏在漆黑天幕后面的是宇宙的眼睛。

　　气候逐渐转冷，看看街上的一景一物，分外萧索。人们穿起长袖披上外套，一派活脱脱的水墨图画。

　　整理过后的书房，书籍鳞次栉比，排列整齐。有古典文学，有现代新作，处处弥漫着一股博学的气息。

　　楚庄王三年不鸣，一鸣惊人。等待需要勇气，需要耐心，需要有超乎常人的意志力！成功绝非易事，它是心血铸就的精神长城。

Rockemon X

written by Silver Swan

小题大做

看了电影《小时代》，不可思议地感觉好假。现实中有人会那样生活吗？答案是"有的"。 但那是病态的生活方式，一个字"累"！而我就是活在那样的黑暗深渊。

给自己的iPhone取名为"无毁的湖光"，iPad叫"誓约胜利之剑"。2011年的Fate系列动画Fate/Zero带来一阵热浪席卷了世界，我是粉丝之一。

或许自己过去过于恋物了吧。iPhone用了一年居然还是崭新的，可以卖个好价钱。已经决定不再写诗作赋了，但就是停不下笔。

笔尖停驻在摩擦产生的温热上面，那是未干的墨迹所留下的暗香。

Nobody knows who writes
this article.But it exists

你和我

你和我　You and Me

你和我　走在挥洒如大雨的阳光下
林荫大道两旁　充满了恋人的物语
我爱你　你爱我　就像两根筷子般默契
世上好事成双成对　我们都是双子星座

意外的旅行　让我们了解彼此
缘分天空就此命中注定
你看我一眼　我回你以微笑
就这样发展下去　直到永恒的永恒

By lovely Afternoon Tea

黑红百搭

红色　贵族的红色
有别于血液的猩红　那是玫瑰的魅惑
香槟色　典雅的香槟颜色
美酒　歌剧　混淆不分的罪孽

人鱼唱响海的歌曲　浪花是来不及的鼓点
风儿拉出手风琴乐　战斗吧　少年

黑色　夜的颜色
深藏于黑暗中的不朽　王朝没落前的剧幕
银色　一道闪电
一道刺眼的光辉　反射出镜面般平静的湖

Silver Sky(Swan)
于半醉半醒之间

爱乐人

耳边是 Jonathan Jones 的声音，慵懒地躺在床上，好像一只来自波斯的猫咪。空调打到 20 摄氏度，微微有点儿冷。即将进入的深夜，秋天的深夜，期待明天早上灯火通明。

整齐的房间，整理好的行囊，远帆驶向黎明的尘。我空坐，寂寥无边。打开了电脑，却无从归去。

睡觉是最好的逃避。躲吧躲吧，躲进梦里！

Silver Swan 上

不提 13

　　在西方"13"是一个不吉利的数字，而在中国"13"依然好不到哪儿去。常有破格的想法被称作"13 点"。

　　那么回归原点的话，"13"到底是一个怎样的东西呢？它只是一个数字罢了。因为文化的原因被人们赋予了各种意义等。实际上数字即为"代号"。

　　"13"只是一个"代号"罢了。

　　　　　　　　　　written by 下午茶 and 天鹅

双子星

　　有一位老太太，她有两个孩子，他们都是双子星座。大孩子出生在双子座的最早一天，二孩子出生在双子座的最后一天。他俩经常手拉着手，情同手足，形同好友。

　　大孩子勇敢，二孩子睿智；大孩子习武，二孩子读书；大孩子的理想是成为将军，征战南北，二孩子的理想是考取功名，做出业绩。

　　在这样一个国度里，大孩子和二孩子是一对双子星。守卫疆土、治理国家。年纪大了以后，两人决定死后葬在一起。

written by 下午茶 and 天鹅

湖天

天空清凉悠远　好似一面平静的湖
湖面波光粼粼　好似高远的天

水天交接　连成一条清晰的线

天空中的鸟儿　飞翔在湖面
湖面上的渔船　游荡在天边

分不清是湖是天

只是远远望去　似乎是两块镜面

Silver Swan and Lovely Afternoon Tea

爱

Love goes on

如果你曾经爱过　那么继续去爱吧　放心地　大胆地
因为爱就是那么回事　遇见　喜欢　相处　倾心
有的爱是虚伪的　是浮夸在表面的　有的爱却有着赤诚
山盟海誓　天涯海角　爱到海枯石烂
人们往往讽刺前者的存在　鼓励后者
但你的爱不论是前者还是后者　都无关紧要
因为你真真切切　确确实实地　爱过

这就足够了

S&l 不是第一次合作

累

窗前　夜已深　我独自坐在案边　书写流连
可能是太疲倦了　我写写停歇　咖啡不足以让我失眠

最近没什么烦心事儿　日子平平淡淡
笔尖下的字句　都是谎言

什么是 Dark Knight Black
什么是空虚的眼

只留一缕青丝　在面前

PS:Silver Moonlight

Blue Tooth

　　"Blue Tooth"——蓝牙，这是一个乐队的名字，存在于幻想当中。最近又发行新专辑了。"Blue Tooth"专辑的名字，还是蓝牙。

　　蓝牙，蓝牙，蓝色的牙。

　　永远都是"蓝牙"。

Lovely Afternoon Tea 上

Happy

　　写到第 20 篇了（实际上是第 21 篇），庆祝一下。自
己给自己开 party，拿了香槟、波本威士忌、琴酒，还有（柯
南）Vermouth，喝下去升起醉意。醉成了一只鸟，翱翔
在蓝天白云。醉吧醉吧，一醉到天明……

　　　　　　　　　　　David Wong 乱入

乱来

　　第 21 篇日记，21 世纪 Apple iPod touch 出到了第 5 代 "5th Generation"。在今天的美国，将要发布 "iPad 5" "iPad mini 2"，还有为 iPad 定制的 "蓝牙键盘"。为了买 iPhone 5s 我耗尽了所有的积蓄，为了买 iPhone 6 我将继续攒钱。

　　　　　Lovely Afternoon Tea 谨上

好久

　　这是我用 iPad Air 写的第一篇日记。这个产品发布的时候我就决定要购买了，也不知道是为了什么。简单来说可以总结为一时的冲动吧！买回来的时候发现它好薄好轻，几乎可说是完美的工艺。iOS 7 的适应性不错，使用时几乎没有卡顿现象，还有那天杀的 64 位处理器以及强势的显示芯片，提供了几乎不输给台式机的性能。而且库克说："这还只是个开始。"天知道以后苹果会带来怎样变态的产品，我很期待！所以，无论多少钱，我都是愿意购入的。我不是什么专业的评测人员，但我觉得苹果的产品真的很赞，无论外观还是功用一律很好很强大。好了，写了这么多废话一般的东西，可以来一个结束吧。

by David Wong

最后一天

　　谁会相信末日一说？那是柳絮飞舞的春天夜晚，伴随飞舞柳絮的，是一颗坠落的星。星落地坪，风起云涌，漫天的烟尘。只是没人惊慌逃避，大家都已厌倦尘世红烟，星的坠落得以结束世界。大家只是静静地静静地等待，等待最后一次呼吸，等待黎明前的风暴，等待星带来的毁灭，等待死亡，等待来生……

Silver Swan the End of Another World

烟花

　　外面在放烟火！烟火，烟火，烟花般的女子，女子般的烟花。闪耀在夜空，和星星一样璀璨。烟花放完了，烟花般的女子羞答答地离去。好似隐于幕后，在看不见的地方，注视着这个四处可见的世界。

A Love Letter to 烟花
by 被你爱的并深爱着你的 Silver Swan

爱游戏

　　我躺下来，做着最后的fantasy。前进的路，没有了知觉。我听着音乐，感受旋律的跳动，这种感觉充斥了整个房间。我在幻想里读一本没有名字的书，它的名字是最初幻想，最终幻想的游戏。史克威尔、艾尼克斯还有朋克的艾薇儿·拉维尼。尼康相机，拍出完美照片。环游在世界的各个角落，从未被发现，永远在未知里。

英伦感强

"saint"，圣。不知道从何时起，开始喜欢这个单词。名字前喜欢加上这个词的缩写"St"，感觉很厉害。实际上，我并不清楚这个词所代表的意义，大概和神圣有关，和虚无有关，和时间有关，和生存无关吧！随意列举一下："圣·路易·达维"。曾经疯狂地迷恋这个名字。现在知道这个名字只是读起来琅琅上口，实际上是不能成立的。而且，即使成立也是一个奇怪的名字。"St"这个缩写的词，现在和将来，只会是回忆吧。

David Wong

百无聊赖

　　虽说是日记，但也并非是每日都记，也并非是每记只一篇，有时数日有记，有时一记多篇。总而言之，飘忽不定。"28293+1"仅仅是童谣罢了，并没有啥特殊含义。

David Wong

成为李白

　　诗人李白，在四川长大。我也是诗人，且生活在李白离去的城市。我的名字是 David ，且有两个笔名。"可爱的下午茶"与"Silver Swan Lovely Afternoon Tea"，专门负责萌萌的行文字句，而银色天鹅则是来自欧洲北方风雪覆盖的古典。我自诩为李白的转世，和我的哥哥一样，是小李太白。

　　　　　　　　　　　　　　　　David 王

暴风雪后弥散天界的烟尘

　　天界的人间，是神明居住的城市。那里常常有暴风雪，暴风雪卷起尘烟，起舞在断面，好似银色的细沙。我走在街上，那里荒无人烟，只有高耸的石柱和庄严的守卫。我是神明的陆上代言，此次来到神界，赶上了罕见的暴风雪。暴风雪洗净界街，直到我的离去，还剩下暴风雪过后弥散天界的最后的尘烟。

By Silver Swan

黑

　　黑色的线条，黑钢制的表面，连心脏的跳动也是黑色
的。　人们匆匆走过黑色的草场，走进黑色的房屋，天上
下起了黑色的雨，扑灭了那燃不尽的黑色火焰。3+1 张黑
色相片，陈列在黑色的陈列间，黑色的我吃着黑色的面，
来自黑暗中的呐喊，声声不绝……

Black Swan 串烧黑

想

想吃面，红烧牛肉面。可惜我不在遥遥的北京，吃不到私房面！于是就坐上动车，来到不算远的上海，吃到了上海的甜菜。三份爱情，两个国王，那是在中古世纪，关于骑士的精彩冒险。我不会时光旅行，只能用脑子展开遐想。 我想象的这些画面，在沉思里拍成了电影片，放映出来， 那是任何人都无法表演的 32 维空间。

Lovely Afternoon Tea 王

乱涂乱写

今天是一年一度的光棍节，很多商店都在减价，我并没有购物，这不是说这些优惠对我并无吸引力，只是我手头实在没钱。我顶着这个名为光棍的皇冠，恍然又惶恐。真想有那么一天，有一双命中注定的手让我不用在 11 月 11 日，独自走下光棍的宝座。当她为我摘下光棍的皇冠，我将对天发誓，我会握住这双手，在情人节那天两个人一起过！

爱的 David Wong

P

　　今天的主题是"PhotoShop"，也就是所谓的 PS。当然不是鸟叔 PSY，少了一个 Y。我不是什么 PS 大神，P 不出什么惊艳的神作，但我热爱摄影，喜欢把自己的生活装点成艺术品。于是，我 P，我 P，我在现实生活中 P，把所有的不美好不愉快都 P 成了空气。剩下来的是什么，你说呢？

　　PS：是感恩的心。

石塘竹海

　　今日有兴致，驾车出游。路过一片竹海，翠绿翠绿的挺拔，　虽未开花但放眼望去一大片，那是比花海还要浓密的景致。　我们匆匆路过，没有驻足观赏，可这些坚韧的竹却足以在心中留下意境。我相信，总有一天，我会渴望那片竹海，渴望在那片竹海中遨游。前进！后退！自如、自足。

雅致王

冬景

　　湖边杨柳依依，柳絮在冬日的烈风中枯黄，只剩下少量的几条残绿。路过的行人，尤显苍茫。湖面还没有结冰，也没有野鸭在戏水，偶尔的几点鱼波，点缀着这一派萧索的冬景。

Silver Swan

一生都在房间里

　　白色的封面，黑色内页。白色的封底，纯洁的本子写上了优雅字句。一行，两行……贵族刷刷书写优美的字体，那是他每日生活的记录，多么古朴得体！贵族尚未落魄，可他却喜欢回忆，每每忆起往事如烟；他总喜欢浏览日记，看看发生过什么，温故而知新。房间里放满了这些东西，贵族的一生，就在房间里。

Silver Swan

素描

熊在树上　猫捉老鼠　这些都是自然现象
如果被这些打败 那么就算是萝莉也无话可说了吧

开空调和大雁的南飞似乎没有关系
一年一度企鹅聚餐　北极飞蛾在冰上跳舞

Lovely Afternoon Tea

冬雨春影

    突如其来的一场冬雨，将我从梦中打醒。天色逐渐黯淡，路上行人稀少，大家都躲在暖气营造的温馨里，不愿意出去。我独自踱步在小径，喝着自己喜欢的奶茶，一个人取暖，耳边是 iPod 耳机的声音。雨淅淅沥沥，带着刺骨的寒意；伞柄也如此冰冷；地上阴冷潮湿，偶尔有车来车去，让人忍不住遥想回忆……

    春日的树影，杨柳新绿，我在湖边散步。我渐行渐远，可现在的时节，我却越走越近……

Silver Swan

一天时光的记录

　　今天我和我的朋友去了超市，我给大姨买了德菲丝巧克力。 本来打算再买两瓶红茶和朋友一饮而尽，他不喝我就自己独自品味茶香。然后我们开始回头，路过上岛，点了活水鱼和干锅豆皮。吃得很欢，饭后喝两杯咖啡，摩卡和拿铁。 于是我和朋友各自归家，昏昏睡去。

David Wong

Christmas Eve

　　4月1日是愚人节，愚人节还早，但是天上已经没有了星星。明天去上海的路途一定坦荡，窗外点点灯火，漆黑一片。要过一个 simple Christmas，不要圣诞树，不要礼物。一个人待在家里，饮几口咖啡，看一点文字，懒散而舒适的，就这样到天明。

Lovely Afternoon Tea

别时风景

　　一个人坐在车上，看景物倒退，白茫茫的天好似皑皑白雪。 太阳躲在层层叠叠的云海背后，照耀着这个曾经被雾霾笼罩的城市。今天没有雾，四周荒凉，除了光秃秃的树就是大片大片的冬野。剩下苍天和独自远行的空洞汽车，离别！

　　David Wong 写在远离南京的归途

也是月时

　　夜色的美是通过灯光闪烁体现的，巨大投射扫过霓虹的夜晚，连诗人也开始叹息！月光照地堂，那是没有星星的晚上；螳螂面对蟋蟀，陈奕迅和我诉说衷肠。天黑黑，梵高笔下的画作，一切都是那么绚烂而不真实。最终的幻想，一望无际的草原，风吹草低，恋人的身影忽隐忽现，没有牛羊，夜晚营火明灭，风笛声吹响。回忆回忆，有时间那么长。

Silver Swan vs David Wong

小小泰迪

　　和朋友一起喝下午茶，拿铁、卡布、摩卡、美式，一样点了一份。一口一口地喝，喝到肚子胀，于是晚饭打算取消了。出门散步，犬儿跟在我后面跑。小棕熊似的小犬，一步一个灵活，到处都洒些水，哪里都是她的地盘。小姐小姐，跑慢一点，顾盼生姿，倾国倾城。哪天你怀孕了，可要给我生一窝熊宝贝儿！

Lovely Afternoon Tea vs David Wong

太随意了

　　今日难得的阳光明媚，外面，人群熙熙攘攘。天空也不再灰蒙，市中心楼宇林立，却看不见楼里的风景。女孩子们浓妆艳抹，只为得到有钱男人赞许的目光。我是个贫穷的诗人，却喜欢用 iPhone 写作。我并不孤独，因为有热心人陪伴。春天里，草木枯黄又新绿，美人迟暮，还念旧情。 明天入夜，有人一起寻欢，这也算是一种品位吧。

David Wong

命中注定要下雪

　　不知从何时起，窗外飘起雪花，白色的一片一片，自天而降，出门散步，欣赏雪飞。

　　湖边几乎没有人，也不像平时总弥漫着一股股小犬们的气息。这么大的雪，人们，一定都躲在家里了吧，我想。年即将过完，生活按照它的轨迹一如往常。头上撑着一把洋伞，但外套上还是落满了雪，就好像大地无论如何遮遮掩掩，终逃不过积雪覆盖。这和人生是一样的，命里该有的逃不了，命里不该有的也无法得到，这么想想，人生就是命啊！一个人一条命。

　　细数雪花有多少，那是数到世界尽头也无法算清的一笔账。湖面没有结冰，所以雪花落进湖里，好似一滴滴慢节拍的雨。这是一场大雪，并非命中注定的雪，说它发生了，它也就发生了。在雪中点燃一根烟，在伞下吞吐，就那么静立在原地，待到星星火点由明到灭，这就堆起了一座雪人。

　　好美！

世俗艳羡

　　神州中华，独南京最合我心意。经常坐车去南京，40分钟车程。下车坐地铁到新街口，先饱餐一顿，喝杯咖啡，和随行的伙伴吹吹牛，然后懒散地晃去金鹰天地。金鹰天地下面有家 Studio A，也有 Costa，我一般是买完配件后，总有一番雅兴在 Costa 喝下午茶。朋友一起的话就聊聊天，独自一人就戴上"面条"听歌。最近很迷 Eric Kwok，虽然面条是款解析奇差的塞子，听久了倒是没初听时那么反感。

　　像我这样用 iPhone 写作的人，也只好逛逛金鹰，和那些常去德基的高富帅白富美们是没法相比的。那里有郭四爷最喜欢的 Dior，受众较广的 Gucci，女王专属的 Prada，少女最爱的 Chanel，口碑颇佳广为人知的 Louis Vuitton，以及贵、很贵、非常贵的 Hermes！写完这些，我真想说 Oh, my God！

　　再见！

很单纯可爱地写

今天过早地出门，结果八佰伴尚未营业，于是在门口戴着耳机边听歌边等。Penny 的歌一副很幸福的样子，这些歌我猜都是 Penny 唱给自己听的，她最喜欢的那位歌手 从不上榜但还是依然很开心地唱着。Penny 自己也是这样的吧？把买房的钱拿来做音乐，这样的 Penny 我喜欢！

大概是 10 点的样子，终于开门营业了，闲着无聊就去楼上晃。来到了 Hush Puppies 专柜，这个专柜是专门卖箱包的，琳琅满目的商品，每一款都很有设计感。暇步士的设计偏向于传统，但设计师们在其传统的基础上加入了时尚元素，适合那些年轻，同时有一定品味的群体。暇步士的做工很好，细节方面相当到位。相比于更潮、更有设计感、更时尚的 CK，我倾向于较为内敛沉稳大气的 Hush Puppies。

看中一款包包，皮的，14 年新款，苦于手头并不充裕，只好忍着心痛与爱割绝。

怎一个惨字了得啊！

David　Wong 萌翻了

醉下诗篇

终于写到第 50 篇了，取名为半百。

外面的天空很黑，可能是房间里灯光太亮的缘故。对面楼层亮着几盏灯，人们不知是外出了还是已经睡去，这样的夜晚没有星星。

还记得过去，也是这个时节，也是今天，我裹着不眠的双眼，一个人抱着吉他，弹唱着我自己写的歌。

而在今天，我很想喝醉，苦于没有酒精。年才刚刚过去， 我的房间很凌乱，没有人收拾，包括我自己。Eric Kwok 的编曲，林夕作词，我不知不觉地如过去那般唱起，虽然嗓音嘶哑，却也还婉转动听。

不是我自己的歌！

爸妈不在家，剩下我自己在案前颓废，眼泪顺着脸颊流下。 好男儿，不要哭！

心痛不是因为失恋，心痛是因为一段新的恋情的开始，恋爱的对象是与这个世界的深厚羁绊。

　　或许我不够格去做一名诗人，和雪莱、莎士比亚一般伟大。但我依然在写诗，并决定会一直写下去，直到海枯石烂，直到地老天荒，直到时间的棱刻上我的额角，把我的美貌划上印记。　即使有那么一天，我已经不存于世，还是会有人继续写诗……

　　直到时间的尽头！

　　Silver Swan ＆ David Wong 合力写作

爱 Eason

我很喜欢 Eason，他的歌真的好好听。有的如涓涓细流般娓娓道来，有的却好似疾风好似闪电。这年头，陈奕迅岁数也不小了吧，但是喜欢听他唱歌的人只多不少，这就是歌神。

细数 Eason 这么多歌曲、专辑，听得最多最百听不厌的，要数《Shall We Dance？ Shall We Talk？》中的《Shall We Talk》了。用一副好塞子，最好是英国音的那种，才能展现出交响乐背景的气势磅礴。声场是必要的，另外人声部分才是重中之重！Eason 的声音饱满圆润，所以耳机的中音部分一定要好，至于高音 B&W C5 有自己的特色。C5 即是符合条件的首选了，同价位的塞子 C5 表现不俗，可以说是技惊四座，比什么 beats by dre 强到不知哪里去了。

我不是什么听音乐的专家，但是听了这么多年的歌曲，孰好孰坏还是有一定的辨别能力的。下一副准备入手的塞子是 Atomic Floyd 的某款，还是典型的英国音。

英伦风格的 Lovely Afternoon Tea & David Wong
合力写作

失而复得

迟到的一篇 diary，是我忘记写了的第 49 篇，可以说是结束前的一小段前奏。

今天不知不觉的在下雨，车在行驶，人在车上。外面断然没有风景可看，可依然有心情去欣赏。昨天去的南京，妈妈批评我说最近花钱有点儿太过于大手大脚了，我觉得确实需要注意。

我家没养小狗，所以没有"汪汪"的乐趣。日记写了一半，抽起一支烟，不是烟瘾犯了。在这样的天气里怀旧地坐着，坐着，往事上心头，难免会惆怅。

过去的也就过去了，失去的不会回来，这可能是一条真理吧！

但即使是真理也不一定就适用于所有的情况，往事不可追 却也有失而复得的情况，塞翁失马焉知祸福？

还是着眼于未来吧！

随便一写　谈论之间

　　写到第51篇的时候，大概也已经词穷了吧，老是没有什么创新只是一样的调调。

　　上面可以算是题记一样的东西。话说今天下雪，我没有去拍雪景，只是围绕着湖畔直直地走着，偶尔看到一两只小野鸭，会做一个雪球来吓唬它们。

　　雪下了一整天，中间偶有停歇，路面很滑，行人少矣。我带着白色的耳机，穿行在皑皑白雪之间，有几次不注意，差点就摔跤。

　　明天雪还在下的话，我应该会和你去雪中取景吧。

　　We Shot The Moon 最新专《The Finish Line》什么意思呢？

　　只是不懂罢了，晚上吃烤肉到肚子撑。

　　回家以后，回顾一遍《青木时代》，四爷拍的片子还可以嘛，至少我是被感动了。睡前妈妈告诉我说："东西是用的，钱什么的都是身外之物，不必过分留恋珍惜。"

我想也是,继续一如往昔地和自己说晚安！沉沉睡去。

David Wong 听着小清新的旋律写下了自己的温柔倾诉

配件

　　上次去南京买了 Michael Kors 的手包，黄色的小包包，给女生用很合适。好吧，我是男生。
　　红色的手机壳，Ferarri 款的耳机，红配红，很搭。还有红色的 LACOSTE 钱包，同色系 NIKE 斜挎包。哇！我是红色控！

　　iPad 4 在充电，Air 放在包里睡觉，mini 躺在那儿，Retina mini 正在工作。
　　我下了《古墓丽影 9》，专门买了一个游戏手柄，到今天还没玩。手套也是 NIKE 的，看了一下白色的标签 made in Japan。B&W 的音响，玛莎拉蒂 C5 P3 P7，差一个 P5 就可以集齐。我说的仅仅是动圈式耳机，我一个自由职业者，哪来的钱买音响和豪车？

　　还不错啦。

　　Silver Swan 和 David Wong 是同一只动物

IOU

清早一觉睡醒，雪已经停了，听见窗外车水马龙的声音，我心想，这一定是个好日子啊。

准备干什么呢？干脆叫上好大姨，趁着残雪尚未化尽的时候，一起去拍雪景。顺便做两个雪球，继续吓唬那些小鸭子。还可以在雪地里吃雪，给雪人安上肚脐。偶尔经过的小犬，会在雪地里留下它的爪印……

我会找一整片干净的雪，刻骨铭心地写上"IOU"三个字母。记住"O"是代表爱情。

Silver Swan 小天鹅湖是萌不是猛

酒穿肠　愁绪乱

　　写到这个份上，实际情况就是总把新瓶装旧酒，写来写去基本雷同。戴上我仅有的 B&W P7，听着 Eason 略带磁性的嗓音，我想着写作以外的事情。

　　虽然已是黑夜，但是天上的云朵依然在飘吧，只是看不见罢了。

　　枕边放着一瓶啤酒，我真的是好久好久都没有喝啤酒了。 今天，我带着刚好微醺的醉意写东西，就仿佛烈酒灼烧过的沙哑声音一般，有一种古旧的英伦违和感。

　　越写越好了！是啊，我想……

　　即使望不见月亮，天空依然清澈，曾经降雪的云朵已经飘走了。白天的时候，没有感觉，到了晚上，显得愈发焦灼，写完了就散了吧。

　　戴着帽子匆匆睡去，梦见自己鼾声如雷，愿第二天早上我会忘记今晚的事情。然后在看见这篇日记的时候恍然忆起……

　　　　　　　Lovely　Afternoon　Tea 醉

讨论

夜晚很静，至少戴上耳机没有播放歌曲的世界如此。

我是 moshi 粉，保护壳最喜欢 moshi 的，有一个
moshi 的移动电源，那是老郑送的新年礼物，电脑包也
是 moshi 的。

今天太阳下山的时间略晚，云很稀薄，所以透过朦胧
可以看见不那么刺眼的光。小鸭子依然戏水，赶鸭子依然
是一种乐趣。

我要戒烟，但这也不过仅仅是一句口号罢了。

老郑明天回来，后天约好了一起去南京，南京又有怎
样的街边风景在等着我们呢？

听腻了 B&W，开始对 Bose 感兴趣。

手机壳是 GGMM 的，奇葩的牌子，设计却一点也不
奇葩，极致轻薄。

所以呢，没有后续下文了。

Silver Swan 思考与人生无关的一些事情

古老的穿越

　　明天即将坐上开往沪上的列车，就和电影里的桥段一样。列车轰隆轰隆，好似１９世纪的蒸汽机车。是啊，我是穿越了世纪的轮回回到过去，去看看那些古老的哥特式建筑。从上海跨越空间的局限，来到欧洲，亲口尝尝马可波罗发明的意大利面。那时候的欧洲没有路易威登，没有Ｂ＆Ｗ，人们穿的古旧，马车来回，在并不宽敞的街道上穿梭。

　　这是另一个星球，每个有生命的星球都将上演人类文明的宿命轮回。从最初的钻木取火，到最终的生物灭绝，这是自然的规律，也是永恒的天劫。

Silver Swan 回归

重生

空调的风吹拂着微醺的我
啤酒瓶空倒在一边　我还在喝

外面在下雪　银白色的世界
现在是夜晚　可惜看不见
耳朵里塞着 Apple 的入耳式耳机
听到的却是略带颓废的新金属摇滚
没抽完的烟　明明灭灭
烟雾绕梁　吞吐沧桑

或许世界会给我另一次机会吧
在另一座城市重生
按照我喜欢的方式长大
成为一个美丽的少年

而不是在寂静的房间里怀抱着　酒精和烟
无所事事 一直到老到死亡

David　Young 不存在的 Wong

成为剑

阴雨天气　不是梅雨季节

珠帘卷上心头　看不见的吻　操纵时间

我的心中已没有爱　只有无尽的悔恨

望天空大地永恒时间　风卷残云　肃杀的剑

对敌人仁慈　就是对自己残忍

我会记住　踏上征途

Swan Swan Silver Swan

下午

又是一个天朗气清
日光好似金色的丝线　洒下湖面
小野鸭还在悠闲地戏水　离得远远的　游船触手可及
人们呼朋引伴　漫步水边
我呆坐长椅旁　伸了一个长长的懒腰
时光匆匆得好似流星　没多久　已经傍晚
夕阳西下　鸟儿归巢　我也疲倦地回家

只是想起那么多个无所事事的下午
没有一次让人流连

Lovely Afternoon Tea 可爱的下午茶

行者

　　窗外的微风刚刚好，奶茶的温度不冷不热。我听着
Eason 的《圣诞结》，感受着独自一人的感觉。

　　买了安东尼的《黄》还没看，顺便给小吴也带了一本，
不收钱。

　　阳光洒下它柔和的金色雨点，料峭春寒并不曾因此而
有所消减。

　　是时候收拾行装了，像一个旅人一样出发，直到身影
消失在地平线……

　　David Wong 去 Silver Swan 家前

2014 写

空调的温度刚好打在 22
现在是早春时节　夜深　我未眠

窗外的雨已经停　明天会是一个晴朗的日子
路面的积水应该不会残留太久吧
跑步时会听着 Jonathan Jones
耳机像两个小扬声器　总是在你耳边诉说着什么
该戒烟了　抽了这么多　嗓子有些疼
于是咳出血了　吃下止痛药也无济于事

在这些日子里
生活继续它无所事事的面孔开进了 2014
爱你一世　一世爱你　是谎言

感冒了还抽烟　是存心要让肺受到刺激而剧烈抖动
Cold play 又要出迷幻的新专辑　到时候一定会下载
还是来口酒吧　一醉解千愁
饮酒成仙　在烂醉的泥沼里挣扎

化作一缕烟尘

David　Wong　颓废着　颓废着

想

　　戴着森海塞尔 IE 80 完全没煲开的样子，关键是前端居然是 5s 瞬间觉得对不起森海。

　　睡前一杯咖啡，一整夜都兴奋的难以入眠，这种 2 到无穷大的事情，也只有我才会想得到吧。每次写东西都喜欢点燃一支烟，也不必抽上几口，就这样明明灭灭的夹在指尖。

　　今天一整天都在运动，下午居然长跑，感觉肺吃不消。5s 的外衣是 BookBook 的古籍，真好。

　　我有一支 moshi 的触控笔，几乎不用，天晓得当初买来是做啥子的。

　　写作方面越来越找不到方向了，散文内容几近雷同，烟抽了许多，感觉一点儿也没出来。

　　今天出门散心又吓着小鸭子了，扑腾着翅膀涉水而过，远远地，远远地，飞走了……

　　饭也不想吃几口，却很喜欢比萨的味道，奇怪。

　　远方的远帆，像一片叶子，推波逐浪，渐行渐远，随着一轮日落，逐渐消逝。

　　爱你

Lovely Afternoon Tea

随意 · 闲

　　匪夷所思地坐在窗前，旁边放了一杯拿铁。我和朋友
聊得正欢，突然一只蜘蛛冲进了视线。
　　我家还有蜗牛，撒一把盐，看蜗牛挣扎着融化，心疼。

　　小时代看了又看，百看不厌，渐渐地清楚明白故事里
人物的勾角斗心。买了陪三，安东尼的写作有进步，我想
这应该是彩虹书系最棒的一本吧！
　　闲来没事抽烟，纵使是感冒了也对自己的身体丝毫没
有怜惜，一包接一包，直到呕心沥血。

　　完了

Silver Swan

变了

好久不看不写，以至于提笔无言。梦的孩子，请常驻这里。

天色渐晚，湖心岛上野鸭归巢，涉水而过荡起涟漪，给湖面洗了个澡。好久没看见梦中的彩虹，那是不止七种颜色的彩虹，我总能跨过时间空间见到早已失去的挚爱，那是内心最深处的秘密，羞答答地不愿提起。

都说我写作风格多变。

明天依然要早起打球。

Lovely Afternoon Tea

下一场雨

阴天不会下雨　亭子外面遍地野花　三两个女孩写生
我远远地望　边发短信边望
今天没有特意打扮　只是不知不觉抽起了烟

我在发什么呆呢
雷公响起　轰隆轰隆　好似战鼓
阴天下雨　我是这么想的
落下的雨打湿　残花败柳践踏一地
江南风景　下个雨都这么诗情画意
过了许久　女孩早已离去
我在雨中孤立　地上是还未抽完却已湿尽的烟头

Silver Swan

开心

天气清新　阳光照耀

刚通完电话　朋友心情很好　我也跟着快乐
聊篮球　朋友在远的地方　我在家
真是好久不见　我喝着咖啡

酷玩新专辑未出　已出新曲
有一点儿小清新　并非无病呻吟
整理完房间　我把声音开到很大

整个房间回响环绕　迷幻地听

可以了

Lovely Afternoon Tea

醉话

喝了感冒药　头很昏　胡思乱想　胡乱说话

野草也绿了　油菜花早开　春天的风发芽
感冒了却也喝到不行　头大
啜饮绿茶　三分酒醒

于是开始动笔　写下醉话
人们只是羡慕　却不知道怜悯
可悲可悲　人心可悲

吐完了　吐到什么也不剩

于是起床　继续去喝第二摊

David Wong

一个人在家

过敏了　只能在家里面听着歌
天气不好不坏　有霾
窗外 4 月中旬　郁金香开得正盛
我拍的照片不好　没有足够的光

五月天气怎样　我不知晓
换一首悲伤点的歌谣　唱啊唱啊唱啊唱
睡觉的时候应该不知道的吧　小草成长
青春回顾过往　酸涩记忆的衣衫

我要疯了

Lovely Afternoon Tea

一篇

听着五月天的《后青春期的诗》，外面下雨，雨滴潮湿了空气。雾霾隐去，街上应该行人不多吧，人们走得并不匆忙，小城风景。

强力的摇滚震撼着我的耳朵，那种感觉就对了。nano 推 IE 80 感觉并不吃力，没有一个好的前端，只好如此。

妈妈在午休，我轻手轻脚地给她加了被子，可别和我一样感冒了哟！大姨也回来了，在干些什么呢？

风暴不会来，战斗也会结束，这就是我们的生活！

愿明年的这个季节，我可以在层云里看到大海。

Lovely Afternoon Tea

到南京的杂谈

　　今天一如既往地去了一趟南京，买了一个手机壳子，据说是航天铝材制作的，很精良的样子。而更令人惊奇的是，保护壳的包装可以组装为一个手机支架，真乃业界良心。

　　回家就开始听 Penny 了，这么多歌，她的最不会听腻了。准备给 Zheng 打个电话，有段时间没联系了，想问问怎么样。

　　前段时间一不小心居然患上了过敏性支气管炎，咳了10 多天。天黑到白天，夜夜无眠。结果这 10 多天都没怎么活动，出门还戴着口罩，憋不住了，跑南京。

　　闲来无事逛了一下耳机吧，发现那就是个壕坑。动辄IE 800，k3003 该有多少人得找他们做朋友啊。

　　晚了就睡会儿，一点儿小困。

　　晚安，honey！

Lovely Afternoon Tea

涂鸦

过敏终于要好些了

出门散步　途经八佰伴　没看到什么　只是照了镜子就走
街上群人熙熙攘攘　身在闹市
85℃买了拿铁　漫街喝着
闲来没事心情好时看看小美女　只是欣赏

天下太平　也就没什么可担心的了
身上多了些赘肉　行动不比以前灵活

收藏了许多奶茶　想着有一天可以细细品尝
法文的歌 总是诉说着浪漫
我说完了　电脑可以关了

　　　　最近总是 Lovely Afternoon Tea

天下太平

总是在听　落花流水

天空不是湛蓝的颜色　也没有雾霾
可以看见云朵　但是看不清楚形状
前天来时路过九华　看见彩虹
这是希望吧　我要紧抓

太平没有酒　有肉
这里的苹果很好　电子产品比较贵
路上行人　闯闯红灯　与世隔绝
就快到了　他来了

来时路

Silver Swan

耳机

难得一天的好心情
磕碰的生活有时会不如意

今天总算是发现了
无论怎样生活向前的脚步不会停下
比较迷恋 Beats　虽然从未听过 dre
过段时间要上京了　想要 Studio 2.0
音质真的不那么重要了　如果仅从流行的角度

他们听过舒尔　说那是女毒
我会说我比较喜欢中音浑厚　高音通透
至于低音吗　有质就可以了　不必量大
这样的塞子我想应该是森海的吧

总有一天我要入 HD 800

开玩笑啦

David Wong 耳机玩家

声音

阳光明媚的天气　适合出游

明天五一了　而我却没有打算远行
只是回一趟家　住到假期结束
路上风景怡人　弯道颇多
没有经过水旁　却能看到彩虹

五月酷玩要出新专辑　Eason 也有久违了的国语大碟
为了耳朵的享受　又要花钱了吧
这两个都是追了很长时间的　一个天团　一个天王
有心真好　继续 call it magic

走了

David Wong 音乐爱好者

西瓜头的艺术

我用的是 iPad mini 纯黑色的

干脆天天纯粹　戴上头戴式耳机
边听边舞蹈　直到耳机落下
砸坏了　重新买　一副接一副
这是玩家的态度　疯狂的

好像有人可以倒立　翻筋斗
艺术无形　气质自然
去做一名艺人　一生追求
直到老死　还在别人的心里　继续生活

西瓜头

David Wong 艺人

可爱地写

今天多云转阴　空气不好　没有出游

在家听着小调调　呷一口咖啡　煮了红茶
风儿吹拂过堂　流下丝丝清凉
不是夏天　有夏天海边的感觉

钱包似的 iPad 当然已经装上了钱包似的保护壳包包
越看越喜欢　就像对待自己的孩子

我是妈妈
我是爸爸

网购花光挣来的钱　只好等待生日的红包
昨天看到熟悉的女孩子　她不和我说话　我也不和她说话

Lovely Afternoon Tea

国强

今日运势显示大吉　在 Studio　A 入了耳机和保护壳
我是苹果粉丝　不会去买三星　除非别人送我
哈哈

一个充满尊敬与理解的理想国
柏拉图式的遐思
干脆写一部小说　让这些美好存于想象
现实并不美好
现实也不残酷　现实中规中矩　像极了国人口中常说的中庸

国人　国人　国人过人

相信有一天　国富民强的祖国　将稳稳屹立
就像朝霞　温暖地红遍世界地四季

Silver　Swan

看似颓靡 实则坚强

我想我会喜欢写作，这并不仅仅因为我会写东西，这是一种对生活过往朝夕见闻的责任。我因责任而写，总想把那些美的东西，通过笔尖划过的墨迹，分享给我深爱的世界。

有一种爱永在我心，那是一种对世事沧桑淡泊相处的大爱，如同管风琴乐响彻大堂穹顶，眼角眉梢流露出的透彻领悟。

我不会死抠细节，我也不会苛求完美，我会顺势上下，直到我的身心老去，最终化为无形。

道理永远是需要被吸收消化的，否则说得再多，也只是空谈肤浅，我会不断改变，不会停歇。

这源于我体内的正向能量，只有正面的东西才能谱写大气磅礴的宏伟乐章。历史留名千古相传的伟大领袖，值得我们所有人借鉴学习。

向前，向上，似那一曲坚定信念的摇滚，看似颓靡，实则坚强！

David Wong 有所思

爱与仇

没事喜欢多写　看的都是些爱情小说　没有格言
家里有许多 iPod　我已来不及每个都听过
但我可以确信每个都被我装满了歌
虽然有许多未 闻歌名的旋律　但我基本可以哼唱
多么神奇

经历了那么多事　不可能每次都有奇迹

爱很深很深刻　恨也很多很想快点痛快报仇
这可能就是我目前的状态吧

昨天夜里下了雪　雪花一片一片好似银蝶
没有光明照亮白色的边　只剩漆黑世界孤独安静默默下雪

沉沦

Silver　Swan

诗人

困　想睡
思念　好似沉默的火焰　烧起内心的焦灼

我已无法平静　是开怀　还是躲在屋里一个人偷偷啜泣

诗人都很贫穷　但他们内心富有
土豪挥金如雨　但内心空虚一无所有

我要做诗人　我也要成为土豪
这个世界上还有那么一群人　他们有才华　他们很富裕
我希望我是这样的人

末了　剪掉我的雪茄　点燃丝丝香烟
在吞云吐雾中放弃掉的坠落　像一颗流星

David Wong Silver Swan

爱

听着音乐　心情不算糟　等人

外面的天空不算澄澈　也还算蓝
夕阳一轮挂在天际线处　这里可以看见平原

爱究竟能否渐行渐远　需要被爱的人有所担当

末了　爱人们　给你们一个深深的吻
令你们能改变命运 操控时间

Silver Swan

小题小做

最近在读《国富论》谈到了劳动与分工
听着 Hendra 民谣摇滚

iPod 依然耀眼　我却已黯淡
沉默不是最好的理由　需要一鼓作气向前

心里总是无法平静　那是深沉的仇恨
就快要爆发了　好似火山之巅

鼠标洁白似玉　我心永恒如一
放一段人所不知的烟火　在冷静中死去

死去

Silver Swan

沉默语言

基督山伯爵

上帝会拯救我　给我公平与正义
其实不论上帝　佛祖　都在世界的某个角落悄悄注视着你

我相信有神的存在　这也是为什么
理性永远站在我这一边的原因吧
我经历过深刻的痛苦与折磨
沉淀下来的 是一颗不屈的心

Revenge　Revenge
在黑暗中发亮　温暖幼小的心房

像那灯火　刺破漆黑黎明的破晓曙光
然后一直老去　即使老去也绝不原谅

永恒黑暗吞噬人心

Silver Swan

大悟

　　戴着耳机，静坐在空调房间，听着细碎声响时光音乐。耳机隔音效果出众，整个沉醉在一个人的世界。

　　耳边只有音乐，心情跟随旋律舞蹈，脑海中幻想漫山遍野的花丛，仙子含苞，风吹花瓣漫天，香气好似雨下。

　　第二天出行，耳边依然是音乐。看着窗外大片田野，列车向前，景物倒退。天空明明灭灭，太阳忽隐忽现，好一派大好山河，壮丽起伏。

　　到了一个陌生城市，陌生面孔，陌生声音，一切都不曾熟悉，回想遗忘记忆。隐隐约约，似曾相识的故里，恍惚间明白，就在此地。

David Wong

无题

　　耳边听的是 Coldplay 的英伦调调，列车在开往南京，咖啡喝得一滴不剩，特浓拿铁。

　　并不是只有苦涩的才可以成为回忆，有的时候甜美的也可以。生活中多了一些历练，人会慢慢长大，长成你未曾想过的样子。

　　离开北京了，我又回去了。

　　都说北方人大气，我看也是嗓门大，自然大气了。但是浙江那边都是些小家碧玉的，太过于在意内在修炼，以至于修炼得外在已经是奇松怪石了。这么说来，真正的德才兼备，福寿似海的，还是江苏人吧！一直以来喜欢和南京、上海的人打交道，看来我的灵魂也属于这里吧。

　　灰蒙蒙的天没有下雨，可能是因为雨已经停，越往南越精细，所以说，南方人会做生意，下次还是去上海吧！虽然北京也并不讨厌，也谈不上喜欢了。

　　再见了，北方人！你们打你们的赤膊；闯你们的红灯；

不讲你们的道理，继续吃你们的肉增肥；继续过你们的神仙日子吧！我要向前，开始做自己的事情。

　　如果说和同胞做生意赚不了钱，那就放眼望去，走向世界，和外国人做生意，信誉第一，孙子兵法熟读牢记。

　　有机会一定会去日本，会去丹麦。

　　下次还要买一副 B&O，好好听那些年令我们迷醉留恋的歌曲！

典型

看看这个又发又6的数字吧！会给你带来好运！对于国人来说发财顺利无疑是最令人喜极而泣的事情了。

买杯子不要买星巴克的，最近爱上了MUJ1。以后一定要存许多的钱，专门买那些精工细作的东西。

南方又在下雨，雨中漫步的，是一处亭亭玉立，遥想雨中打着雨伞而立，就是花容月貌，就是倾国倾城，也比不上这样的意境。上面说的有点儿牵强，可我就是这么感慨的，我就曾这样等待过一位女子，她现在已经嫁人。

喝完了咖啡，奶茶，就什么也不剩了吧！

想想过去罗大佑前辈写的歌词，什么空独眠，什么倦鸟，都是很文艺的腔调。

过去的才子多了，现在的小白脸多了。也难怪社会充满了浮华，人也变得浮夸，有些景物依旧，有些人事已变未来是什么样子，我们谁也不可能知道。

铂傲

　　B&O H3 的声音是典型的 vintage 风格，初听时好似抚摸一段粗麻质地的方布，可仔细一看，做工也还算精细，结构合理，四四方方。待听过一段时间之后，声音好似被打磨一新，原本分明的棱角变得圆润，却也还是粗麻质地的 vintage，只是更加精工细作了。这就是 B&O 大厂的厉害之处了，整个声音好似是艺术品，初听和煲过后的声音，各有特色，一个古朴晦涩，一个英伦复古，像极了北欧流行的古典文化。这样的听音感受，就是 B&O 所定位的奢侈品声音。耳机本身做工精细，佩戴舒适，每一个细节都经过了深思熟虑，可谓是晚成大器，醇酒佳酿，是一款从艺术角度没有缺陷的完美产品。

Bang & Olufsen H3

优雅地听景

最近非常想看《小时代》已经不知是第几遍了，怎么也看不腻。看帅哥美女斗角勾心，疑点，剧情的伏笔，话中带的话，表象背后的真实，渐渐看懂。我也不是过去那个执意追求文字华丽优美的单纯少年了吧！

下午会出去一趟，不是因为这几天都宅在家。买点儿日常用品，四处走走看看。天空白得惨淡，看不见鸟儿，飞舞的不再是落叶，只留满地尘埃。

一直以来对自己要求严格，追求完美。所以总是那么在意细节，喜欢精工细作，其实我从不抽烟 只是寂寞难耐，解闷罢了。

如果6月会下一场雪，我想天空会明净澄澈很多吧！太阳是天空的一只眼，月亮是另一只眼，满天星辰镶满，好似碎钻闪耀。把壁纸换成了《小时代》时代姐妹花，一群优雅的高等动物。

D S

无题

我不会喝酒，喝酒酿都醉，这也算是一种奇迹吧！

前段时间拍了 IE 8i 下午应该能到 好好听听高音是否真的可以称为传奇。据说做工精细，包装完好无损，依然 DIY。订的 C5 高音比较好，是因为单晶铜的线吧。

要看看安东尼的《陪3》很温暖人心的文字，似初雪般纯洁，文字风格接近日本的小清新电影，喜欢。安东尼也毕业了，在上海，估计也不再如文字那般不食人间烟火了吧！

一直以来不理解北方人的生活方式，搞政治可以，做生意不行，真正会做生意的还是上海人吧！上海人挺好，即使是喊乡下人也显得亲切，会为别人考虑的人是会受人欢迎的吧！尤其是受女孩子欢迎！

写了一些风格多变的文字，希望未来能做到始终如一不再充满变数，生活亦是如此的吧……

Lovely Afternoon Tea

艳阳天　阴天雨

天朗气清，难得有心情来湖边走走。水面波光闪耀，似是钻石星辰，湖畔树影婆娑，微风拂过，影子层叠起舞。身上披着的，是仙女的嫁衣。

又是一个阴雨天气，阴天下着小雨，湖面笼罩着一层薄暮，连湖水也开始泛起涟漪，没有水鸟在捉鱼，清淡素雅的，是天空笼罩下的面纱。

忽远忽近的声音，似是呼唤，似是倾诉，耳边低语的是悲怆的大提琴。

光明与黑暗，艳阳天气与阴天下雨，对立着却又相生而这些离不开的温柔轻抚，令万物都沉沉睡去……

Silver Swan

暖意

今天突然就到了南京。买了MX 985和SE 215两副塞子，都没有买错，不同的听音风格，对得起价格。

妈妈也跟着来了，实在是有愧于心，她不放心我一个人。回来路上，看着夕阳西下的风景，听着车上人群嘈嘈杂杂，身边是妈妈在打电话，感觉匆匆时光很温暖，很温馨。

晚上到家准备喝一瓶啤酒，即使不醉也可以心满意足了。

Lovely Afternoon Tea

有所思

　　心情比较复杂，窗外灯红酒绿，人心冷暖自知。一小口一小口地呷着咖啡，我在思索与生存无关的事。

　　说我成熟，我并不是很成熟；说我幼稚，我也不是小孩子。我正处在人生的十字路口，前后左右，进进退退。

　　好想给自己下一剂猛药，剧痛后醒来，一切都已泰然。希望一切的思考不会是空想，毕竟有的时候，思考不会令人成长。

　　昨日黄花凋零枯萎，苦楚无处倾诉，酒杯空空，去留之际，居无定所。

　　愿那一夜繁星，似锦帛，似春水。

David Wong

又来了

忘不了过去窗外忽隐忽现的红墙绿瓦。

Penny 的歌总是能在我失落的时候给我带来安慰，听她的歌就好像是在品尝一份欢乐 Pizza 上好的材料，精细做工，听着听着就容易陶醉。

当然一副好的塞子不可或缺，最合适的应该是 SE 535ltd 了吧！限量版，高频不错，女声毒物，没听过就别瞎凑热闹了。

Lovely Afternoon Tea

苦

没有鸟儿歌唱　只有寒鸦空对秃枝悲鸣啼

今天是阴天　天空万里铺满云朵
白得煞人
四处一片惨淡　愁绪难解
听的是 Linkin Park 的重金属摇滚
耳边嘶吼一片

湖水波涛汹涌　风起云涌波浪起伏
游泳的是无畏的鲫鱼
好想就这么跳下去
让湖水浸透我的肠和肺
就此沉下去　沉沦下去
成为腹中锦鲤

Silver Swan & David Wong

玫瑰烟

　　没有酒，没有肉的日子不好过。夏天炎热，闲来没事喜欢独自一人喝冰啤酒。

　　世界杯里梅西的进球让我太过兴奋，以至于喝倒了。半夜醒来，头疼愈烈，对着空空酒瓶望眼欲穿。起来啜饮绿茶，三分酒醒，七分醉话。骂骂咧咧地点燃香烟，在昏黄的光线下吞云吐雾……

　　于是第二天清早，我写下了，记录下来的是我的疯狂和我的独特。

　　Silver Swan & David Wong

复古

生活有时候就像一瓶 Vintage，风格的古朴醇酒。酒香醉冽，入喉喑哑，这和某种声音和某种生活方式类似。

有的时候，粗糙感是时光的印记，粗糙不一定是坏事它如粗麻质地般质朴又自然。

高贵的东西不会是坏的，它一定是小心翼翼却又迷人的，就和森海塞尔，舒尔这些大厂的声音一样，沙哑却又芬芳。

有的时候很喜欢喝外国酒，它是岁月的一种沉淀，华丽却也沧桑。醉不是一种状态，它可以说是一种超脱，醉后吐真言，声音嘶哑，即使谩骂，也有几分味道。

Silver Swan

IE 80

原来这里没有 Eason 的老歌了。

最近发现 IE 80 非常适合听 Eason 的歌。Eason 暖心的厚厚嗓音可以通过那饱满温润的中音体现出来，弦乐部分在高音处表现得淋漓尽致，透亮平滑不刺耳，是不错的高音，低音下潜深，弹性好，量感很足，横纵声场都表现不错，气势磅礴，解析很好，细节丰富，可以清楚地分辨出不同乐器的声音。仔细听，即使是很小的细节也不会被忽略，没有哪个频段的声音盖过其他频段声音的现象，手机肯定是没法推的。总体素质相当高，是难得一见的好塞子！

所以，买吧。某猫上 2000 做工质量很好的。

David Wong

高端

织布机可以织出朴实无华的声音，那种褪色的粗糙手感有着沉沦废墟般的美学倾向。

我始终不知道顾问是做什么的，我的姨夫说要做我的顾问，我想也就是形象代言一类的吧。

希望生意能做得顺风顺水，我如此祈愿！

细节不能决定成败，但它有时却决定了层次的高低，这是事实。美玉总是精雕细琢，低端产品设计简单，做工粗糙。

谁不喜欢工艺品呢？

写作虽然不能用来赚钱，但它却是一个人品性、癖好的抒发，至少我是这么看待的。

　　唱歌也是一样的，美妙的声音可以让人沉醉，好的歌手可以把自己的心意传达给歌迷。二三线歌手的歌声总是那么烂而俗，有技巧却并非发自内心。

　　对月空独吟诗作赋，可比对牛弹琴。有的东西不是写给别人看的，有些才华只有被埋没了，才会在新的时代被视为珍宝。不是人人都能成功，大多数人默默无闻，少部分人怀才不遇，这就是所有人身处其中的名为现实的东西。

　　知道就好。

David Wong

凡鸟

那一刻我点燃香烟，看袅袅烟气在指间萦绕聚留，久久不散。

听说 Penny 喜欢抽烟，我是从她的歌声里听出来的。总是唱：抽着烟，抽着烟。可嗓音富有感觉，牙齿皓白似雪，根本不像经常抽烟。大概和我一样，叛逆虽有，却不为过失，向往抽烟但没有那样的胆量。所以，至少在想象的空间里，抽着烟，抽着烟……

Penny 是一个轻舞飞扬的女孩，似飞鸟般任凭天空高远。

有想过生活如镜中花，水中月，不铺张，也不含蓄。放下的太少，放不下的太多，所以一切都得处之泰然。

大概 Penny 的歌就是要表达这样的一种观点吧！稀疏平常也是伟大，平平淡淡才见真理。

Lovely Afternoon Tea

希望以后远离

　　最近很迷 H3 的声音，类似于舒尔，却又和舒尔不一样。 高频出奇得好，低频弹性富足，中频弱了一点，但我所欣赏的就是这弱一点，你所听到的中频实际就是高频的声音， 这简直就是舒尔的翻版。但比舒尔更为冷艳，不愧是做奢侈品的 B&O。

　　每次听到那些高品质的声音，我都会被感动。其实这种感动不仅源于我是一个感性的人，它还体现出了我那深入骨髓的艺术家气质，追求完美，在细雨中品味，在阳光下涅槃，沿着海岸线望去，四下一片海浪。

永远 sing alone

喝醉了苏格兰酒，就吹起风笛。风笛声悠悠扬扬，你在一旁忧伤歌唱。

上到阿尔卑斯山脉的那片高地，牧羊犬守护田园。

风和煦地吹，湖面平静似镜，尼斯湖水怪不见踪影，只留迷雾笼罩。

丹麦的 B&O 工厂里，匠人手工制作着皇室御用的音箱。

而在英国皇宫的火炉旁，声音一串连着一串，响彻大理石堂。

前

　　又是一个艳阳天，心情很好，适合出游。待会儿健身听着 B&O H3，用 Moleskine for iPad 做保护壳，真的很好。

　　我喜欢的品牌一定是奢华的，但不一定要小众，因为我这个人就并不小众。小山羊皮作为封面，做工精细，很有设计感，华丽丽的产品。

　　有时候喜欢一样东西纯粹是因为好看，这也是一种品味吧。就和好看的女孩子一样，什么样的都有味道，好看就行。

　　喜欢 B&O 妖里妖气的高音调节，就和烈酒一般醉人。喝醉了就有了灵感，或许诗人都是如此。

　　窗外烈日刺痛双眼，时间不早了，也该锻炼了。

　　　　　　　　Lovely Afternoon Tea

悲伤想

点燃香烟，漫不经心地抽着，一时间周围云雾缭绕连呼吸也变得困难。

想心事，总想着一些悲伤的事，在悲恸中入睡，空独眠。

白日长河漫漫，无所事事的颓废，胡楂泛起一圈青绿，浅草湮没马蹄。

这一刻我成了李白，把自己灌醉，成为酒中神仙。于是就吐了，吐得令人作呕，以至于到最后呕心成血。

这样废墟般的沉沦之美，多好。

夕阳也泛华光，照亮残日，照进罪人心里。

但愿明年今日焚香，我能衣锦华服，温柔地沉醉温柔之乡。

David Wong

似是恋爱了

又一次在旅途中，去南京，身旁坐着女孩子。女孩子安静地看书，时不时拨开半掩的窗帘看看风景。车子飞驰，不乏颠簸。我就那样仔细地端详着这个可爱的女孩子，车内吵闹，我们却显得很安静。

两个人也不说话，就这样持续了好久，女孩矜持，看得出来是个好女孩。我没有谈过恋爱，但心却微微跳动，上天赐予我那么多的机会，我却一直没有把握。女孩似乎已然察觉我的小小心思，她慢慢合起书，微微闭眼，看起来在思考些什么。过一会儿，女孩睡着了，熟睡的样子显露出清纯可人。

看着她略微颤抖起伏的小小呼吸，我在心里面笑了，这种矜持要持续到什么时候呢！车子依然向前，我们却在后退，退回到那青草发芽的怀旧时光。想象中，我和女孩是同学，是同桌，我们关系很好，偶尔吵闹。一直打情骂俏，直到毕业时节到来，把我们分开。

　　在梦中唱得多好啊！繁花似锦终将落下，离别时节最伤人心。要是我把这篇文章给她看了，结果就不会是这样。只是因为我没有那样的勇气，我很胆小，不懂，怕！

　　末了，车子进站，我会看着她离去的背影，在滂沱大雨中黯然。

Silver Swan

最便宜的双单元动铁

今天仔细听了苹果的那副动铁，不知是不是没有煲开的缘故，中音很一般，高音出奇得好。声场还是有的，这点对于动铁来说难能可贵，解析很棒，声音很细腻，一些细节可以分辨得很清晰。听感近似于 B&O，但比 B&O更为冷艳，好似高山之巅的皑皑白雪，很适合听女声。低频几乎没有，这点也不需考虑了，对于入门级用户来说肯定不合适，入门级还是从魔声 Beats Sony 找感觉吧。轰啊轰啊轰啊轰，对我来说头都要炸！

下次考虑来点圈铁。

大河水

大河之水向东流

浪花气势磅礴恰似鼓点　水流细腻好比儿女情长

英雄伫立河岸　丰功伟绩　千古垂芳

河水养育世代　多少是非沉浮其中

仰望河岸　高山之巅　蓝天白云

清晨湖水迷雾笼罩　曾有渔人迷失其中

而在时间的另一个顶点　于无形中主宰一切

咖啡味苦

突如其来的一阵紧张　我在南京
金鹰天地咖啡厅　周围嘈杂
我的耳机接着耳放一个人静静地听
咖啡也苦涩了　外面的世界雨如泪下

遍地的女孩子　遍地的好看
无论是浓妆艳抹　无论是清淡素雅
被男士环绕默默闪耀
没有无家可归的女孩子　只有潸然泪下的游子

Moleskine是真的很耐用　手感好似流沙
清晨喝酒　下午酒醒
数来多少年年岁岁　都在夜晚清醒
地铁地下　我独自一人站着归家
身旁有千千万万人　没有一个和我说话

在等待

认识一个女孩　天天给我打电话
我不接电话　因为我不晓得我自己为什么心里没有她

天鹅湖畔优雅　魔鬼也不说话
被一首歌催眠　醒来发现歌曲催人泪下

小提琴声尖鸣　旋律婉转
一个女声浅浅地唱　每一首歌都没有转折

即使沙哑也能打动人　即使滂沱也显沧桑
这就是我的回答　给那个一直在等的女孩

无 题

重温一遍《小时代》，看到林萧对顾里说出了"你等着"，就这三个字，就可以看出林萧是多么的幼稚。潘多拉魔盒不是顾里，潘多拉魔盒是南湘。

天涯枯草开花，游子采下，花香随风飘散，淡雅而忧伤。

这就是我此刻的心境。雨后，散发着腐臭气息，随风洒下黑色种子，恶意到处肆意发芽。

好想要一把正义的宝剑，对着罪恶披荆斩棘。

明天就是立秋了，金黄色的稻田象征着丰饶，可早晚也会被冬火碾成灰烬。

皮革人生

最近发现护手霜可以保养皮具

闲来没事把皮革擦得锃亮

人生是和皮革一般的厚度

日子越长　越显沧桑

有的皮革越用越好　有的皮革却越用越显破败

人生需要时常保养　需要自己好好珍惜

不然就会和腐烂的皮革一般　在痛苦中消亡

心情不错啦

我已退烧　没买 iriver AK 100

独自一人看书　翻来覆去消磨时光

改天要去书店　一个人站着偷偷欣赏

喝了三大杯玛奇朵　味觉苦涩

于是就唱着歌

Puma 也和宝马合做出了赏心悦目的产品

我亦购买　背着带着显露锋芒

含羞草开花　露水坠下

熟练起来　背对月光

古风

陈奕迅唱　烛光晚餐

亭台楼阁　于水中央

我亦乘风　飘飘似仙

把酒寻欢　歌赋作陪

月光洒下　对影成三

笑我癫狂　痴痴欲恋

南丁格尔　圣彼得潘

管风琴乐　大理石堂

古往今来　英雄少年

化执为念　刚欲共双

Adam Lambert

　　当爷的摇滚，不像 Cold play 那样诉说悲凉。每张专辑都有不同风格，总体来说，声音如同陈奕迅般充满磁性。

　　感觉在喝一瓶烈酒，始终处于半醒半醉的状态，酒品俱佳，酒量很好。

　　和英伦的刻板做派不同，美式摇滚总是那么感情丰富，不够冷酷，热情洋溢，正能量似乎满满。

　　歌词也表达出了生命的张力，给人一种想要爆发的冲动。

古典

最近总在听英皇娱乐
电台非也　歌手是也

喜欢那种类似于英伦古典的优雅调调
背景有竖琴　小提琴　钢琴

像极了优雅的歌剧
再配上陈奕迅般的磁性嗓音

我似乎听到了中世纪的英国国王
有流行古典　有爵士古典　有舞曲古典

古典乐杂糅进去
想必听众也只有那些热情生活　情调富满的小资人群

像我这样

听雨

坐在麦当劳里　努力听雨
大雨淅沥　水天之际宛若画卷

最近总在听忧伤的歌曲
像极了忧伤悲戚的我你

天黑黑　乌云压城
城欲摧　百转千回

纵观古今　英雄救美
美人迟暮　英雄衰老

任谁也无法挽回
即使是天界神明

所以也就静静听雨
听大雨悲泣

未来

喜欢看 Square Enix 赞助的电影
喜欢玩 Square Enix 制作的游戏

中古世纪类欧洲大陆的剑与魔法的冒险
西洋面孔　西洋兵器

虽然是幻想
却比现实世界还要磅礴大气

史诗
英雄

有的只是希望
没有挽歌

和我的人生一般
充满憧憬　充满光明　充满神谕

梦境

昨晚天空突起暴风雨　也不知何时风息雨停
我在睡梦中甜美　独自享受夜间舞会剧场
在孤独的梦里　我化为一个复活节彩蛋
彩蛋破裂　我被人抚养

女孩喂我成长　为我梳妆
待到黎明破晓　我已长成

可梦境戛然而止　恍惚间渐行渐远
只听女孩呐喊

醒

想和人吵架
可没有人对我倾心诉衷肠

所以也就作罢
独自一人憋屈隐忍

做了荒唐的梦
醒来稀里糊涂

把锅巴当作稀饭
吃得津津有味

牛奶加入咖啡溶解
一杯拿铁下肚

于是就清醒
再无困惑烦扰

欧式遐想

　　丝滑拿铁，桌上放着一台 iPad，但是主人已经离开。于是，藤编的座椅空着，坐在上面的，是空气般的不存在。周围草地常绿，树木青葱，不远处有一栋别墅，欧式风格，巴洛克建筑。天空万里无云，清澈得仿佛刚下过雨。阳光洒下金色的丝线，连起地面到太阳的距离，这距离有多远，可望而不可及。风儿应景地拂过，留下一地涟漪，沙沙声是最好的乐器，那是大自然鬼斧神工的创造，世界上有多少无主之地，像这一片静谧。

印象与笔记

　　在我的印象中的笔记，是印象笔记。 笔记里面记录着生活的一点一滴，有悲欢，有喜怒。只是，我时不时会翻看回忆。小时候的事情已经过去很久，中学时期的残酷经历也已离我而去。那么现在呢？将来呢？ 现在正在进行，将来扑朔迷离，守株待兔的事情，我要抛弃。

太空船

　　在遥远的外太空，住着一批来自地球的生物。当地球的资源枯竭，他们只能离开，乘着飞船，去未知的领域，寻找继续生存的理由。他们发现，在这样一个星系，有着另一颗类似地球的星球。人类在那扎根，他们带来了很多物种，他们利用掌握的技术，让那里成为人类彻底征服的新的生存空间。愿上帝保佑，人类的探索可以天长地久，阿门！

摩登

　　水泥建筑林立的城市，是一座现代化的森林，把阳光都阻挡在各色的外墙上，只有玻璃制造了可乘之隙 。人们欣然地活在这样庞大的怪兽体内，按照设定好的标准生活，把自己装点得发光发亮，向着遥不可及的金字塔顶端奔去。人们没有意识到自己是有别于其他生物的异类，把自己当成是神对世界的怜悯。于是乎，世界被人们踩在脚下而他们却从未意识到他们所信奉的神明，其实就是他们自己。

上海

　　我坐在床上，写年华笔记。毛毯是暗红的花色，空调的风不冷不热，空气里的冷暖刚刚好，听着小破团 1D 仲夏夜之梦，月底准备去上海。 最近的上海，又多了何处的风景，风景画雕刻出的人物，又何去何从呢？我想去那里一探究竟。动车票已准备好，我要踏上南下的行程。去到那人来人往的南京路，感觉大都市的人群人语。没有任何理由的，我会爱上那里，而我拥抱了那些珍稀，就有乘风的云彩之行。那一片我在其中！

夏天的话

夏天就快要过去，没有了树叶的沙沙声，没有蝉鸣。天空也开始变得高远，树樱早已落花，湖心岛的鸟儿飞去远方，行人稀少。星巴克就要开新店，我不用再顶着炎炎烈日，汗流浃背地艰行。崭新的耐克店里店员忙碌起来，不肯归家。

比喻成雪

　　冬天没有雪景，没有雪给大地带来滋润，没有银装素裹，没有枝头雪花，待到来年，定有虫灾。祈祷着上天下一场雪，温润这些火焰，雪流成河，冰霜覆盖，天地间仿佛存在一股肃杀。天寒地冻的空间，没有人，没有鸟兽，有的只是寒冷的空气和突兀的树干。但如果有了雪，从下雪的瞬间到雪落的终结，空气静谧了，树干上覆盖的，是一层厚厚的白衣，白衣似雪，雪即是白衣。从天空中望去，那一片素锦似的白面，一切都是比喻。

第九

　　第九交响曲，往往是古典音乐家生命的最后起舞，但是对于作家来说九是一个新的开始。勤奋的作家不会满足于热卖的九部作品，他会继续创作，前面的荣耀已成为历史，而后面的作品是跨越。九是一个分水岭，九之前和九之后是不一样的时间，间隔越长越能看出差异。写作是一个古老的技能，可以说它历史悠久，可以说它历久弥新。创作这个东西，总是需要有所积累的，积累了，才能沉淀，沉淀后方可升华，九是一个绝好的例子。

一点想法

夜晚的天空，泛着一层深邃的墨蓝。星星在眨眼，偶尔有飞机掠过，发出发动机引擎的轰鸣。大雁北去，不曾经过这里。窗外灯火通明，这是一座不夜的城市。灯光散发着温暖的白光点缀大地，没有雷雨，没有闪电，没有惊世骇俗的声音。每个人都在归家，忙着炒菜做饭，没有时间思考，人生几何，重点在好好过日子，我觉得大多数人，都是这么想的吧！

圣诞礼物

　　后天是一年一度的圣诞节，我只想说"Merry Christmas"给我自己，也给我的父母亲，还有我的大姨和身边的朋友们。圣诞是一种神圣的仪式，它庄严又大气，恢宏而响亮。我的圣诞节有着私人定制般的精美华丽，RMBP(MacBook Pro with Retina Display)入手了，B&W P7入手了，这些都入手了，君复何求呢？这一段时间，我是无欲无求了，所以在今年的年末，我将浓墨重彩地为我这一年的卖力拼搏打上满分，画一个完美浑圆的句点。2013再见！

冬日归

　　明媚的冬日，阳光照进我的庭院。我在庭院里唱歌作赋，偶尔有冻冰碎裂的声音。才从一个寸土寸金的城市回来，我不属于那里，不属于那些繁花似锦的年华岁月。对于那个城市来说，我不是来者，我只是一个过客，虽然依然流连忘返；但我已经离开。心情久久无法平静，心事多得好似海浪，愿明年春天天气转暖的时候，我能多穿两件毛衣，至少在熟睡时，让我继续聆听那些风声风雨的音乐。

Green Day

　　绿日，绿色的日光，绿色世界！绿日乐队居住在美国，每天过着一样的生活，偶尔开一两场演唱会，入场券总是被一抢而空。看主唱在台上刷着电吉他，富有激情地唱着摇滚，节奏轻快，打击感强，给人一种颓废的鼓舞。在世界的某个角落，我一直在静静地听，慢慢积蓄力量，等待着力量爆炸的那一股后坐力。要向上！要向前！就像那一段摇滚，看似颓靡，实则坚强！

废墟的美

入夜，夜深。我的房间很乱，没有心情整理，思绪也混乱，胡言乱语，群星歌唱，全是悲伤的歌。窗外是否在下雪？我也懒得确认。就这样抽一支烟，把自己灌醉，颓废糜烂，真的好美。

小区里没亮几盏灯，我房间里的是其中一盏。3：00整，我不想睡。吃一碗泡面，面的味道真的很香，面吃完了喝汤，汤的味道真的很鲜。

有人说，人生是孤独的旅程，越长大越孤独。我想也是，心里面的总是得藏着掖着，表现出来的，都是虚伪的自己，这难道还不够孤独吗？

一天挤不出一句，为一个细节伤透脑筋，这就是我的写作态度。慢慢来吧，不急！时间总是匆匆流逝，岁月如梭，一晃过去已经三十而立。却依然一事无成，还是不急。

Life is like a song
它可以很短，也可以很长，你可以敷衍，也可以用心去唱。

烧耳机

前段时间在合肥买了面条，听着不错。今天和老郑坐车到南京，结果入手 powerbeats，音质不像面条那般渣，面条解析奇差，pb 三频都比较均衡，两者说到底还都是样子货罢了。买来纯粹是因为 beats 这个牌子大家都喜欢，暂时是无欲无求了。虽然我从来没考虑过烧像 C4 那样的神器，但手头也并非不充裕，还是太懒散，有苹果就足够了。

香的水

　　我有一瓶 Gucci 的香水，那还是好多年前生日会上朋友送我的，我没有使用香水的习惯，就一直闲置在家里。前两天整理房间时发现了这瓶香水，拆开包装，香水旧物如新。在我的房间里喷洒了一点，原本男人的臭味转瞬即消失不见。以后这瓶香水找到了它的作用，那就是相当于空气净化器一般的存在。从此走进我的房间，你无需掩面，请尽情享受，来自我体魄残存的，古龙水的味道！

雪日

今天外面在下雪，路面积雪，行人车辆往来甚少，偶尔有小犬经过，雪地上留下犬儿的脚印。而我却没有端起相机出外摄影，只是买了苹果派和蔬菜卷，就裹起毛毯坐在电视机前消磨掉一下午的时光。电视剧里的世界也在下雪，只是少了萧索，残存下暖意。这时候最好向星星许愿，愿幸福的感觉地久天长！就像那一杯暖心的奶茶，久久的、久久的，挥之不去！

摄影作品

没事喜欢写东西　　但一般看的比较少
有些文字写得牵强　　有时候却写得流畅

经常走进商店　　看见琳琅满目的商品
不知道哪件是即将属于我的
听着 We Shot The Moon
不知不觉就陶醉其中

拍了很多照片　　也得过头奖
只是不知道头奖赋予照片的是怎样的意义
想得多了　　就不容易得出结论

看来一切都好

雨音

雨　打在窗户上　滴答滴答

是夜　我买好了烤肉　撑着雨伞　步履蹒跚
电视里播放着恐怖片　我没有看
我在思考着　应该如何去花这笔钱

小巷里寂寥无人烟　但我不怕
偶尔有灯泡忽明忽灭　我有手电

存在是一种矛盾　患得患失
一件事物的消逝只是转化成了另一样事物
想想可笑　夜空漆黑　人影渐黯

只留下一片雨音

写太白

肯相信我吗　　肯体恤我吗

以上来自 Eason《信任》
喝下第一瓶酒的时候　　清醒中带有一丝迷茫
电脑里放着《时光倒流二十年》不熟悉的歌
但 Eason 唱得很好听　　2013 年演唱会版本

如果选择继续喝　　又会和以前一样烂醉吧
是就此打住还是一醉方休　　我犹豫了

干脆问李白吧

百度　　李白
诗仙　　酒仙
几个字　　能写　　能喝
和我一样

喝

梦

　　今天一天都昏昏沉沉的，未饮先醉。本来打算喝酒的兴致一点儿也没有了，只想快快躺倒在床上，沉沉睡去，昨夜的梦今夜延续，通宵不醒 ……

　　未眠的兔子，从不吃胡萝卜，只是跳来跳去，力竭而死。 怪诞的梦境，好似巫术，萦绕床梁 。没有美梦，还是呷口烈酒，早点醉去……一整晚都不会做梦。

蝎子

无题

星巴克开业　可喜可乐
店员是合肥人　不大喜欢

于是就肃穆端庄　冷漠点单
然后一个人在角落里　低调地奢侈一下

高雅地摇滚着

似乎柳絮纷飞时节　支气管炎痊愈
一个人在家　喝着英国红茶

不看漫画　与肤浅无关
每天依然端庄　迷恋郭寒

特调咖啡　苦涩浓郁
馥郁芬芳　没有奶茶

不再眷恋尘世双影
超脱无为宠辱淡忘

Level

通往 lv 的旅途
一波三折

途景折花
途观赏花

也就看樱花
雪般落下

似是冬天
地上满是残雪败花

林肯

喜欢听 lies greed misery
听他嘶吼　听他说话

主唱嗓音沙哑
金毛狮王吼叫

鼓声震天　战歌飘扬
身经百战　久战沙场

一千年后　残垣断壁
唯有遗响　风中飘荡

时光音乐

time is like the moment
life is like a song

时光音乐　细碎声响
天鹅优雅　魔鬼无话

大风起兮　歌唱祖国
歌舞升平　歌者欢唱

管风琴乐　大气飘响
大理石顶　金碧辉煌

也唱一首摇滚吧　让你摇滚

流星　滚石
坠落　爆炸

关于电子的一些想法

键盘键程　机械电容
屏幕 retina　金属机身

macbook ipad mini
智能手表　apple watch

mouse 鼠标　表面玻光
蓝牙 beats power 巨响

多少年来　乔布斯梦
也就成真吧　创造市场

改变世界

学李白

心情很糟　一个人喝酒　胸闷
奢侈品牌却也无妨

望天空高远　空气稀薄肃杀似剑
于是就腾云驾雾　成为酒中神仙

我亦乘风归去　高处不胜寒

月光洒下　对影一片
何似人世间

把酒强欢　苦中作乐
做给谁看

罐子破了　索性破摔
就这样痛苦一回吧

就这样痛苦一回吧

悲歌

清晨露水　小叶尖尖
淼淼流淌　迟迟眷恋

唐宗宋祖　秦皇汉武
都已成过往云烟

人心已死　感慨悲凉
人心可悲　举世成霜

梵高笔下　向日葵画
不知是悲悯 还是讽刺

IE 800

森海塞尔 IE 800
高音流水　凌厉解析

陶瓷腔体　古典设计
我用来听交响　用来听小清新

这算是最好的配塞了吧　我想
良药苦口　退烧神器

嘶哑着强

Linkin Park 金属摇滚
少年 fighting 直唱到人心里

于是就震撼我吧　摇动我吧
让我如灵魂撕裂般的痛吧

鬼神附体　魔鬼畏惧
鳞伤遍体　眼神犀利

相互厮杀到烧红双眼吧
像那天边的火烧云般鲜血喷涌

直到血流成河
万物枯寂

南京德基星巴克

南京星巴克女孩热情　恰似烟雨
在适宜时节落下　滋润大地

我也并非冷漠　只是不擅表达
所以只能伫立　静默地望着

口舌伶俐非我本性　实乃时势造就
英雄气过　只剩儿女情长

也就和着一片烟雨　风起而歌
日出早起　日落而息

瞎写

我坐在麦当劳　观察来往人群贫富不一
身旁有钱女人目不转睛　我独自一人喝茶

还是得靠自己　拒绝四方诱惑
风萧萧兮　君子一言九鼎

断桥边残雪　不知什么时节
来年报春花开　才敢把酒庆功宴

湖畔神明

日光披金戴银　湖水波光似镜

远处有涉水之人　浪花绽放湖心

雨山湖住着神明　在日落时渐渐升起

守护着黑夜　守护着马鞍山人民

梦中的湖

日照梦中月湖
少年沉睡

湖畔有柴郡猫
多么神秘又不可思议

牧童风笛飘飘
风吹草动

摇曳

伤鸦

天黑有暗鸦
云朵中藏匿

伸手不见
痛觉残留

意识半梦半醒
游走在黑暗边缘

像一具尸体
空洞行走

悲伤
于是就有了仇恨

谈谈梵高

梵高与向日葵
星夜

没有挣扎
没有希望

有的只是痛苦与默默承受

梵高并不是失败者
成功的人才是

他只是一个符号
象征着上帝对人世间苦难的绝对悲悯

英伦篇章

有朋自远方来　一起喝茶
美式咖啡　英式红茶

三两句问候　一丁点时间
于是就走出星巴克　在街上闲逛

明天是国庆　街上不很多人
英皇娱乐　铂傲宝华

于是天空就飘起小雪
沿着青石板一路落下

是雅

4：08 分的日照带着淡淡的柔光洒下，琉璃似的窗户映不出对面的模样。空气缺少了微风的旋律，远处也没有什么声音。

我就坐在一片静谧祥和的时光里，喝着我的咖啡，写一点儿文字。超大杯的新鲜调制，几乎可以兑 4 杯拿铁，可以满足下午茶的需求。

房间里堆满了书籍，四处都是作者的笔记。书籍封面精美无比，有纯牛皮，有 PU 皮，仿佛古典艺术的文艺复兴。

我的生活并不奢侈，但它也不简单，至少并非波澜不惊。经历了大落然后大起，我也就看淡名利，保持一颗平常的心。

粗犷写一回

白天的月色依稀朦胧　太阳也当空
凭着宇宙的栏眺望　祖国版图

飞鸟也尽了　人迹灭隐无踪
唯留我心　在祖国上空

吃不完的牛肉　喝不完的酒
也就抽起烟头　祭奠先祖烈

废弃石头　累出寂寞
无声等待　熄灭角声

回不去的回去　过往云烟
也就站起来　整理行囊

希望伟大

星巴克里人潮　多数女生
我独自喝拿铁　苦涩带甜

这是万千世界剪影
这和生活息息相关

人们是这渺小宇宙的一份子
却也庞大得似是宇宙的缩略

这就是人心

心有多大　天地就有多宽
你可以狭小　也可以伟大

人生

关上房门和灯　独自细数星星和月亮
在思考着晚上　究竟喝了多少酒

不知不觉就点起了烟

你看窗外灯光闪烁　星月明明灭灭
而房间的地板上方　渐渐升起渺渺香烟

烧柴火呢
还是 一种比喻

换了你的人生呢　你会如此悠闲地过吗
还是在每日的人潮里来不及思索
匆匆
上班

对自己的感悟

听陈奕迅听得心潮澎湃
一点没变啊　这么多年来

风雨里也走过了
挫折创伤苦痛里也走过了

哭也哭过几回了
安慰的话却从来没有听过

可还放弃过吗
没有　是没有理由　没有退路的

就和战争一样
逆水行舟　不进则退呀

这就是种骨子里的强了
强到自己都对这种坚强无语

从来不曾和别人说这些
说自己有多不容易

只是默默地和最优秀的比较
然后在别人得过且过的时候　做到几近疯狂的　令人咋舌
的进步

四爷曾说

在这个世界　一定会有人讨厌你

有的人到死都不明白

我明白了　明白得及时

所以对那些反面　可以淡然了吧

早点看透　趁早活得明白

这也算是　一种包容了吧

电影比喻

独自一人的晚上　听英皇
英皇也拍了电影　入戏颇深

古旧的小道　马车途径
四下里漆黑一片　唯有萤火

流浪汉是帝王　拐杖掩饰昔日容颜
今宵酒醒　国破家亡

一切是一场梦　只是入戏太深
或者亦可敷衍了事　一醉方休

就那么随意

旅途见闻　人事风景
车行颠簸　音乐悠扬

并未有过特意打扮
出行的时间锁定在三点

也就听听风声吧
也就喝一杯咖啡吧

等到了目的地
等待我的将是陌生脸庞

也就散落在人潮里吧
像大海上飘零的一叶孤舟

蜘蛛

一个人的外表　如果俊美
会有女孩喜欢吗

戴上耳机并沉醉　在月色下
浅唱低吟亦可声情并茂

银色丝线　交织成网
等待猎物　等待时间

瀚海成冰　我也在那儿
烈酒燃烧　我亦在彼方

悠悠闲闲海边

西下的夕阳　红日残留一圈
不知不觉坐在了天际线　想海边

你又走过了多少路　才来到身旁
你又喝过了多少酒　才醉倒在身边

点烟　吞吐
漫漫而渺渺　升空

也就且行且过吧
这就是智慧了

玩物丧志

午后而悠闲
也就吹起悠扬小号

换做大号
长脚

玩具也优雅了
躺床上有模有样

我不是智慧
我是女神

大度了

宠辱不惊　这是我的目标
如今也不知有未做到　只是人事黯淡

没有仇恨　没有喜好或讨厌
只是淡　只是无味波澜

也只有在幻想里　才有流星吧
才有童话　才有王子公主

现实不存在激情　不存在想象空间
也只有在夜店里　才会有人嗨得不似一壶白水吧

星巴克

冬天街道萧索　　人迹渐灭
咖啡厅里却堆满了香气

那是我常去的地方
没事喜欢坐坐　　点一杯咖啡

感受一下生意
感受一下俗世的气息

它还没有被时光填饱肚子
它还没有被岁月留下印记

它始终在那么个地方
随着时间匆匆人群来往川流不息

它就是星巴克了
我心中的星巴克了

好美

天冷了　落叶缤纷透露出那么一丝凉意
红月也皎洁　红得似团枫叶

抽象的画　抽象的诗
看似不得体　其实有深意

那就是时代背景　来自自身的一些东西
梵高的星夜　那么不自然

却也比自然还要美丽
重生　涅槃

然后就粉碎了
在那一瞬脱胎换骨地定格了

喜爱四爷

一直以来喜欢着那么一个人
喜欢他的文字　以他的事业为目标

我也会有自己的风格　只是它多变
善变的男人　女人会喜欢吗

常常喜欢湖边漫步悠闲　拍些照片
却从不发表　也谈不上专业

和他一样不看自己写的　也不知道写得到底怎样
只是奋笔　只是不断听取反馈意见

为的是写得更好　呈现出更好的笔下世界
这是他的目标了　也就是我的目标了

反击的黎明

低迷状态　跌落谷底
于是就不可能向下

有一天会反弹
就像鞍马弹簧

追吧　冲吧
拼死命地向上反击吧

话说人生失意　不应有恨
十年之后波澜平淡

也就抽一支烟吧
等待反击的黎明

大道有理

打开了味蕾　吃水果
苹果　梨　很多很多

也就补充着每日所需　机械重复
却并不知晓　重复也是有意义的

你看那每天做的　都几乎一样是吧
可一年过去　也就有了一个进步

一百年的话　就会有飞跃了吧
多少个世纪　默默无闻地重复

却最终改变了世界
推动了千年文明

治理

古典马车前行　斗士保卫
王公大臣随后　骑士殿后

国王低调微服　为的是体察民意
国王不惜屈尊　为的是顺应民意

民心所向　国治家康
民心逆向　国破家亡

以民为天　乃明君所为
包容大气　乃世事洞明

横向　遍古通今如此
纵向　自上而下如此

并非牵强

肠寸断

点一支烟　看烟火明灭
想心事　想独自一人的夜晚

看夜景　长夜漫漫孤枕
也就呷一口酒　在颓废中醉去

醒来夜深　酒瓶滚落
握在手中闻一闻气味　那是愁肠的味道

断肠人在天涯啊　本是鸳鸯
就这样散了吧　就当是一场梦境

振奋

放弃的等　也是一种等
只是无奈罢了

寂寞晚上抽烟　白酒也无味
喝不醉的空空一夜

或许有些少儿不宜　但这就是失恋状态
你要振作才行

不是你的　不必强求
若是你的　总该会有

名为努力的他

皇室用的高级床垫　性感尤物
是他生命里唯一的东西

空虚占据了他的灵魂　他的躯壳空洞
每天的活着就是为了无数的女人

直到某天他的到来　名为理想的他
他才从腐败沉睡中醒来

也许你只知道享受　却不知道拼搏
那你一定要赶快醒来

喜欢小孩

百无聊赖的夜晚　数星星月亮
1 2 3 4 5 6 7

只有此刻童真　像小孩子
而人又有几刻能如孩子般真诚呢

大人的世界你不会懂　充满玄机

所以　睡吧孩子
因为总有一天你也会长大

心声

漫步庭院　花花草草
一岁枯荣　浮华世界

只有我心永恒　唯有孤寂独响
奏一曲孤独的歌　我将踏雪亲征

日光照在表面　照不进人心
也就让黑暗存在　肃杀成剑

冬日冰饮

冬日松枝结冰　尖利似锥
松下吃焦糖布丁　死亡考验

闲庭信步　身披金甲
纵是刀山剑雨　也可旁若无人指点江山

激扬文字　笔下世界
木偶戏剧　盘古开天

也就独自喝一杯咖啡　苦涩似是威士忌
明年今日焚香　衣锦华服登门拜访

光 雨

艳阳天转阴天　未必下雨
也就撑起雨伞　盛装出行

路上小犬出没　车水马龙
也就将光线作雨　独自沐浴

喝不完的酒　走不尽的路
剪不断的愁肠　好似长串鞭炮

哔啵作响　孤坐念经
于是就充耳不闻　羽化登仙

苦生

打开百度　来了解苏格兰黑脸羊
脸颊凹陷　又黑又长

这就好似苦难的人生

表面血统高贵　衣锦华服
实际黯淡　没有快乐

如果说快乐的人生才是美满的
那我宁愿选择苦痛

在挫折中磨砺成剑
也就肃杀　斩断复仇的链

过年往事

雨山湖公园

　　梦中的公园，雨山湖公园，如同西欧小镇般的精致美。阳光洒下，碧水，蓝天，大片的树林，行人，贵族犬，水面的波纹。起风， 在夏天会感到凉意。

那一片红色的火烧云

迷幻的通红，是火烧云的颜色，相机记录下来的，是日出的片刻。层次分明的云朵，闪耀了夜空。于是，黑夜变为白昼。我的相机不是最出色的相机，但是，我的照片经历了最出彩的瞬间。

沉淀下来的，是如同火烧云一般，赤艳艳的内心。

湖边摄影

　　那是起始于一个小城的故事，少年在湖边记录下了这光影交错的一刻。无与伦比的画面，只是简单地被拍成了一张照片。藏于云层背面的华光，从云层的缝隙中流出，四周的金边闪耀着光辉，湖水波光粼粼，树影倒映在镜面，好一刻美景，仿若一时的仙境。

暖冬

一般的冬天都是寒冷的,但是今年我却过了一个暖冬。没有寒风,没有冰雪,冬日里春色满园,唯独只开了梅花。

给我的 iPhone 同步一切完美,仅仅电池医生稍显碍眼 却又无法删去,纠结。

白天可以漫步湖边,夜晚就静静地睡去,也做了不少好梦。 有关于爱情的,有关于玩耍的,在梦里,我像个小孩子。

想象一下在中世纪,贵族坐定在壁炉旁边,姿态优雅,火苗哔哔剥剥,窗外一片白茫茫的世界。

只剩下暖心的热茶,一口一口,温暖了冬天。

暴风雪前最后的烟尘

Last Smoke Before the Snowstorm，古老的调子，干净的吉他，不紧不慢的旋律，午后红茶，慵懒而精致。

画面、石头的影子、1904、蝴蝶文化、手、带你飞走、Shin、雪船、瓶颈宝贝这些曲子和那首烟尘，构筑出一幅，北欧风格的油彩画。

夜空

看着夜空，看看它们为何如此平静，想象一下宇宙中的你我，是如此的渺小。因何而伟大，因何而骄傲，这些都是秘密，应该藏在心底。

天空中不知道有没有乌云，因为没有星星，太阳即将照亮 这样的晚上。我是一个不孤单、不落寞的诗人，守着我的诗前，守着我的案前，守着我的财富，守着我的单薄的脸。

爱是一种奇妙的体验，人们因何而爱，人们因爱而恨，又因恨而爱。说来矛盾，但仔细想想，又确实如此。

我一夜未眠，只为等待日出时的，那一抹惊艳，一抹璀璨，宛若星辰。如果说白天也有夜空，那么白天的夜空就是 诗人、画家涂抹的颜色。多么神奇的体验，这就是美丽的天。

My Father

　　每次我仰望蓝天，都会想起父亲的背影，父亲的伟大，就像天空，一片明净、悠远、深不见底，那是父亲深沉的温柔。父亲总是把一切都扛在自己肩上，没有半点抱怨，我看到的那个父亲，永远带着微笑。

　　父亲的坚强，是藏于海中的宝藏，它闪闪发光，它弥足珍贵，它不为人知。生活看似平静，实际暗流翻涌，父亲独自一人挡住了风雨，给家一个温馨的港湾。

　　记得小时候，我常常跌倒，我常常沮丧，父亲并没有告诉我什么，他只是默默地努力工作，用行动提醒着我："人生就像是在荆棘丛中采摘玫瑰花，要想得到什么，可能会付出代价，当你勇敢地在荆棘丛中穿行，挺过刺痛，你闻到的，是不止一朵玫瑰花的芬芳。"

　　我很少看到父亲难过，他把哭泣藏在心底，流露出的，是感动，是喜悦。父亲不是神明一般的存在，但他内心深处的爱，早已超越了普通人，他是一片蓝天，他的爱，是蓝天下的大海，海天交接处的那种深邃，正映刻在他的眉间。父亲很幽默，他总是在恰当的时候给气氛增添愉悦，父亲

　　也很严肃，当问题出现时，他会冷静地处理。有人说，父亲是成功的，在我眼中，他的成功不仅仅体现在事业上，他对家庭无微不至的关爱，也是成功。

　　我爱我的父亲，正如他深爱着我一样。

　　父亲站在远方，我向他走去，他的身影，越走越高大，越走越清晰。

夜的宁静

　　在夜晚，仔细听，你会听到夜的宁静的声音，你可以带上耳塞，感受大提琴的韵律，古典音乐绽放高雅之光，如同玫瑰开在心上。

　　在这里，没有蝉鸣，没有青蛙的声音，一切如同纯黑之色，不带有一点波澜，这是波澜不惊的打扰，趁着夜色，好好享受独处时刻。

　　待到万家灯火熄灭之时，街上零星散布着火光，那是夜灯的光芒，为夜行的人，稍稍点亮前进的路，但是车子是少的，最终会到哪里，也无从知晓。

　　爱上这样的夜晚，感受着天空的沉寂，天空睡着了，像个孩子一般，隐藏了它的湛蓝湛蓝的锋芒，只有星星像出墙的花一样，点点闪耀。归家的人，没有选择地进入了梦乡，他们在梦里，或许会梦到白天，在梦境中，他们感受到了奇幻的人生。梦仿佛一只手，让可能不可能的都实现，而且是以随机的方式。当你躺下，你不会想到你会以何种方式，在梦里度过夜晚。梦是不宁静的，但是当你熟睡，在你的周围，是否能听到，梦以外的寂静的声音。

上海之行

初到上海，感觉上海就是一个羞涩的女孩，她不肯把她的华丽与爱意全部展现给你，她只是一点一滴地，慢慢地，揭开她的面纱，仿佛你就是她的初恋。她坚持，有一天，你会如饥似渴地爱上她，需要她，她就是你千里寻找的挚爱，而在那么一天，你可能习惯了上海的生活，离开，对你来说，是一种不可想象的悲伤。

上海的高贵是内敛的，她完全没有北方城市的暴发户的肤浅，她是温柔良淑的贤惠，到了晚上，她是盛装的贵妇，穿着低胸小礼服裙款款而来，在白天，她温雅而得体的礼仪令观者流连忘返，上海，就是一枚海边的珍珠。

我在上海没待几天，但已经被上海的气质所深深吸引，上海的建筑像是礼堂的交响乐，高大、宏伟、古典、现代，上海的建筑群没有孪生兄弟的相似，它们是独立的，但它并不孤独，它们紧紧地挨在一起，显得错落而有秩序，没有两幢建筑是相同的，可它们却有着共通的古典与现代风格相结合的精致美，或许，这是唯一的类似之处吧。

听朋友说，上海的男人都是好男人，他们温文尔雅，烧得一手好菜，在家包揽全部的家务，我觉得，上海的女人应该是很幸福的，她们享受着来自上海男人的体贴、关心与绅士般的爱，这在别的城市是可遇而不可求的，而在上海，这一切已成自然，与其天生的华丽容颜一样，早已约定俗成。

爱上上海不需要一万个理由，只是如果你拥有一颗赤子的心，那么，恭喜你，你属于这里，上海是规范的，在这里，你总能找到自己的位置，属于自己的那一片天空，只要你有能力，爱打拼，即使现在的你是渺小而卑微的，你要相信，总有一天，你会脱颖而出，成为这里，乃至是整个世界中，一颗闪闪发光、璀璨夺目的明星。

大姨

你知道玫瑰花的花语是什么吗？其实我也不知道，也不必知道，因为玫瑰花的花语一定和爱情有关。其实，大姨，你在我的心目中，是冬日的紫色玫瑰，有着紫一样的优雅，有着深紫色的浪漫。而这种比喻，即是祝福。过年了，打开窗，可以遥遥望见，白色雪地里，傲然地、遗世独立地绽放着，紫色玫瑰一样的梅花。

吴琳

听说你很喜欢 echo 和安东尼，我就把这幅绘有兔子先生的明信片赠送予你，因为我希望你能像兔子先生一样勇敢且坚强。同时也祝福你。能在这个复杂的世界中，寻找到属于自己的那一片光明。

王伟帆

亲爱的舅舅

新年的手机铃声想起了，是否意味着 iPhone 5S 的
到来，你觉得 iPhone mini 怎么样呢，还有 4.8 寸屏的
iPhone 6。希望从天上会降落一部，正好落在你的手里，
那样的话，你是否会喜极而泣呢？

想你的伟帆

To 王欣颜表姐

　　新年快乐，一晃一年过去了，我们长大了一岁，《最小说》改版了，安东尼出新书了，你也要考研了。那么既然说到了考研，在这新的一年里，我就祈愿上帝将研究生这个礼物，作为新年的礼物，因你的努力回报予你。

　　　　　　　　　　　　From 表弟 王伟帆

Star

看着点点星火入眠，不知不觉中点燃万宝路牌香烟，寂寞地抽，一个人安静地吸烟。烟火也还璀璨耀眼，这种时候容易产生幻觉。

欢聚的时光总是短暂，落落寡欢永远伴随。

身畔是你的幻影，你的眼睛总是仿若夜里的星光，闻着你沁香的体味。

我仿佛又在吸烟，发疯、发狂，在灿世星辰中崩坏，毁灭也只在一刻之间。为你如此，我也甘醉。

去到你的世界……

品茶

品茶就如同在无边的大草原上 聆听来自天籁的声音
太平猴魁
举世无双的好茶
闲来小斟浅酌
那充满浓郁香气的味道

何时爱上品茶
就在现在

可爱了

听着潘玮柏的《未来爱情》 看着窗外的天气
阴天
雨天
艳阳天
这些我们都经历过

今天是阴雨天 不是艳阳天
天空阴沉沉的 黑云密布
但心情却像午后红茶一样 慵懒而闲适
喝着下午茶 品味着心情
心情与下午茶是同一种味道
典雅的幸福味道

想象着今后
坐在写字台前
品味着窗外的天气
和杯中的咖啡

就如同品味人生
人活着
需要理想
需要追求

人生
不是一场梦
我们活在现实世界里
天气有阴雨艳阳之差
心情亦有行云流水之别
但始终有一点是不变的
那就是希望
去到远方的希望

不幼稚

216

奶茶的味道
就是心情的味道
慵懒而闲适的绅士风格
不同于咖啡的优雅
亦不同于红酒的浪漫
映射出阳光午后的遐想

喝着下午茶
读着文字
有一种静谧
就在此时

放松
享受着雅的旋律
就好像在林间漫步
眺望着夕阳余晖
秋季
红色的落枫

浅淡

星巴克咖啡馆
网络与现实世界
书籍与诗篇
整个下午
都在留恋

忘我的时刻
难得的陶醉
远离世俗与尘嚣
多美
冬天的雪是蓝色的
透过泥土的清香
传播到远方

堆起的雪人
孩子们的欢声笑语
飞滚的雪球
银白色的世界
没有一丝淡蓝色的忧伤

追

阳光洒落
教堂前的大地
十字圣经
浅唱低吟

少年离开家乡
追寻理想
梦的色彩
吟诗颂扬

旷野上的雪景
金色的阳光
当夜幕降临
隐于天际

忘忧

忧愁即是忘忧草
有再多的悲伤　也只是回忆

树林里　独角兽在悲啼
远方的人儿　请不要归去

欧洲中古世纪的建筑　还在那里
天空中的鸟儿　找不到依据

亲爱的人啊　请别再继续
忘记那一切因缘的过去

放开你的心　追逐你所想
但是不要忘记　在这里　有你的心

母亲

莹白色的是雪
蔚蓝色的是天
母亲站在阳光下
看着远处的树林
那树林曾一度象征着希望
现在也是

明天就是母亲节
今天让我们一起来祝愿
当明天的到来
祝愿能有对天使的翅膀
飞向苍茫
没有留恋

母亲
在这么漫长的岁月里
从你带给我生命

到我快乐地成长
你像蜡烛一样燃烧自己
在年轮上刻下印记

感谢你母亲
祝你不论是在明天还是在每一天里
永远年轻
快乐的时光
直到时间无迹

光明

　　当清晨的第一缕阳光越过地平线，映入眼帘，你知道的，新的一天又出现了。

　　我们每天反反复复地迎接着因昨日逝去而到来的新的开始，从不知疲倦。

　　人生在这样的巨大引力下，悄悄向前。

　　时间一分一秒过去，记忆中留下的是我们的脚印刻下的足迹。

　　永远忘不了那些无常的笔迹，那些幻梦似的终结。

　　这些都是我们带给这个世界的礼物，亦是人生的洗礼。

　　光芒总是充满世间，即使存在短暂的黑夜。

写

蝴蝶飞舞林间，轨迹如萤火虫般闪耀。

没有人知道你的过去，将来无从预言。

不要浪费了时间，追寻你的色彩，在画间，提笔留念。

成长的烦恼，成人之后的脚步，越走越觉得充满疲倦。

当你决定要做某事，脑海中构筑起蓝图，你就可以将想法变为现实。

这些全部是存于梦中的景象，并非现实。

但我们依然去假设，去憧憬，因为生命就是一幅画卷。

伴生友

光透进来，把房间照亮，我打开窗，风吹过耳旁。

一夜未合眼，天明时分，传来阵阵鸟鸣，栀子花开的时节已过，现在是夏天。

一个人的旅途，游走在孤独的边缘，谁也看不见。

忽然想起了你，近来可安好？

记得去年在一起，短暂但很有意思的时光，像一个小孩子般，天真地烂漫与洒脱着。

未来是不确定的，明天的我们对于世界，有所改变，因为在一个没有魔法的世界里，什么都得靠双手去创造。

今天，我对你说句早安，希望你不要生气，记录着我们的青春的那段岁月，永远在那里，永远不变。

寂寞

225

你端着颗寂静的心坐在窗前
所有的惆怅已空
感叹依旧

歌声响起
Song for sleeping girl
女孩熟睡

路人熟视无睹
目见这空前的宁静
仿若隔生

前世的你
走在心里
全世的花儿
只为你而放

生时若夏花般绚烂

死前如佛像般清明

那是天堂的呼唤
家
才是你的皈依

梦醒时分的醉意
拉着思绪回到过去
十年的间距

热
半夜惊醒
听见蝉鸣

写一首诗
献给远方的寂静的你
祝一切都好
一路珍重

想法会改变

下午天气转阴　下起了雨来
我坐在写字台前　看着窗外
想家
想学校
想起了在对外经贸的那些日子
家和学校是最好的保护伞
无忧无虑的日子
温馨的港湾
想要回去

天气暖和了　甚至有点闷热
但心还是凉的
好想逃离
却回不去
骤雨初歇
留恋的地方
还是过去

但人总是要向前看的
度过这段日子
一路向南
平安
太阳会升起的

最重要的事
不要伤心　沮丧
优秀的人
总会迎来成为优秀的那一天
虽然道路不同
但终点　是一样的

Yellow

看着星空
看着它们是如何为你而闪耀
看着它们的色彩

我独自归来
诗篇为你而作
你的所有
都是真实的色彩

旋转的木马
完结的颂词
归鸟与群鱼
都是真实的色彩

我不远万里
为你而来
为那色彩
这就是爱

在一起

你说
咖啡色的是下午茶
天蓝色的是诗篇

我说
爱情的味道是甜的
天空里留下了诗人的足迹

你说
生命中最精彩的事是不放弃

我说
生命中最完美的时刻是成功

大树下
树荫里
有你的影子

海平面
远帆旁
是我在前进

You say
Whom I write it for

I say
I write it for you

最后
在莫扎特的旋律中
我们永远在一起

诗雨

窗外下起了雨
夜空吹着冷冷的风
耳边都是滴答的声音
坐在电脑桌前
在夜晚喝咖啡
听着小提琴和吉他组成的歌曲
少年淡淡地唱

下一首歌
If the moon fell down
此情此景
好像身在异国

雨一点没有要停的意思
我也没有一丝倦意
就这样到天明
让天空带我离开此地

咖啡变凉了
可能是我喝得太慢
尝试再泡杯
这次我选择拿铁
对咖啡的热爱
让我每天都充满激情

有些心里话
只想对自己说
有一片帆的海洋
去寻找宝藏
驾着人生的航船
离开港湾

终点在哪里
可能是远方

干净的自强不息

我要自强不息
天空是悠久的蓝色　偶尔有飞鸟经过
夏日炎炎的烈日　灼烧着身体
我不会因为别人的看法而改变自己　我要做真实的自己
这就是我的心

年华　岁月流逝
好像一条河　又好像是流向大海
花费毕生的精力　去追逐一样东西
那就是理想
理想不同于梦想　理想是可追寻的东西　而梦想只是一场梦

把青春格式化　留下的东西　就是本质
本来的色彩　黑色的棋子　白色的道具
用力打开一扇窗　把所有烦恼抛去
忘记一切痛苦的事情　只留下快乐在心里

诗人走过漫漫长路　留下美的足迹
政客们揭开面具　剩下的是一颗疲惫到极点的心
我不要做两者中的任何一者　我要做我想做的自己
那就是完美的自己

蜻蜓点落水滴　青蛙鸣
到郊外去踏青　照片中记录一个个瞬间的记忆
我走在光芒的大道上　成为远足者的一员
我要出发旅行　探索秘密

走向未来　不再是小孩子了
遗忘过去　只因没什么值得记忆
飞向那一片蓝天，仅仅放纵自己
最后落下时　在天际　划出一道七彩的光芒

哭

深夜里　雨停了

处处传来蛙鸣

我坐在窗前　看着窗外一片黑夜

远处点点灯火照亮

没有星星的晚上

看完一部感人至深的电影

想起了妈妈

那是为了我可以放弃一切的妈妈

她多么慈祥　多么爱我

她的笑容　就像一片阳光洒在心间

空气里的水滴已经散去

留下一片清新

我的心情　好比一场大雨

随着这夜的宁静

逐渐睡去

雨到雨停

雨越下越大　没有要停的意思
鸟儿们在窗外歌唱　那是交响乐的独奏
花儿已经谢了　只因天空不再安定
我要奔跑去远方　寻找那失落的文明

女孩的名字叫梅　梅花的意思
冬雨中绽放　香气扑鼻
芬芳无尽　感染了少年的心
少年从树枝上摘下　从此不再孤寂

亨德尔的音乐　萨拉邦德舞曲
管风琴的声音　震颤了空气
古典音乐在微笑　听者颂扬
黄昏降临　万籁俱寂

雨中留下　诗人的足迹
诗人走过哪里　哪里迎来世纪

星空掩映出一片　光和影的交替
我最终决定　我要继续

末尾处　一片斑斓
鲜花盛开的地方　下起了雨
雨哗啦哗啦　冲淡了一切
只有那花儿　还在犹豫

崭新的夜　划开
我们站在雨中　流连不去
望着那一切　好像上帝降临
阿门　直到雨停

咖啡雨

　　雨下得很大，回到家中，泡杯咖啡，坐在桌前，想象。镜中的世界，爱丽丝梦游，兔子与魔法，扑克牌和女王。滴滴答答的雨声，打断了我的思路，让我回到现实。喝一小口咖啡，拿铁的味道，只是缺乏香草，自己泡的，已经很不错了。

　　雨要下到何时才会停，恋家的人儿在外面游离，找不到方向。我醒过来，擦一擦全身的水汽，空气依然那么清新。葡萄糖加入咖啡中间，口味发生变化，淡淡的香甜。心情如此怡然，有一种静谧，流过心间。

帆雨

　　雨下得很及时，大地不再饥渴，人们回到原点，重新
选择方向。肯定的回答，否定的疑问句，把思绪拉回梦境。
我像个孩子般，睡着了，梦见自己，长了翅膀，飞越未来。
遥远的海平面上，远帆，驶向日落之地。

　　雨汇聚成河流的动力，在河堤中间，奔流而行。我再
一次告诉自己，要打起精神，年轻的战场，拼搏之地。咖
啡杯已经空虚，一滴留在唇边，被我擦去。我站起身来，
离开房间，撑起了伞，在雨中归去。

如果跑

刚下过雨　路途泥泞
我穿上跑鞋　来到街上
风声在我耳边响起　呼啸而过
我背负着脚步　开始前进

如果　跑
那么　终点
所以　坚持
因此　锻炼

我跑过遥远的途
喘气声络绎不绝
体能已经消耗
而我坚持不懈

后来

又是一个阴雨天
老人们走过身边
我看着前方
信心百倍地向着路

奔跑

我的思念

　　马鞍山的街边正放着神曲，我独自一人，漫无目的地走。看着人来人往，车水马龙，心里装满了思念，却无法表达。天上没有一丝光，连云彩也黯淡了下来。我举步维艰，累。等待是一场戏，演给谁看？渴望是一种想法，藏在心间。天使长满了翅膀，静静地飞。我哭得那么认真，你却不在。不在，永远都不在。我望向终点，没有止境的尽头，向我挥手。再见，我的思念。

别离

飞翔于天际的鸟儿
在水中遨游的鱼儿
它们的行踪
如同诗人的足迹般捉摸不透

而人类的心灵空隙
则充满了冷漠与忧伤
正如那唱歌的人
孤身一人，凄凉

这是给孤独的最好的礼物

在那空旷的原野
人迹灭
也只有枯草
还在大片大片地守望

雨过天晴

　　马鞍山的晴天是一种似乎有些姗姗来迟的情绪，大片大片的云朵被日光照得透亮，下了雨，天热，比雨天热，放晴的天空下依然撑着一把把伞，女孩子，遮阳伞。

　　长江边的水土，南京的后花园，马鞍山。

　　连续的阴雨，湿淋淋的街道，雾气，依稀可见的小高层，行人车流。马鞍山好似要被雨煮得沸腾了。久违的雨，下吧下吧，下到大地不再干渴，下到夏天来临。

　　雨山湖，雨水冲刷过的草坪，树荫覆盖的道路，中考结束，学生，萌，老人，热恋中的少年少女聚集。

　　我躲在开着空调的房间里，等待着夜晚，也等待着黑灯瞎火的深沉。

　　我不是世界的王者，也不是一个角落，我理解世界，同时也不懂，我只是默默地，看着，看着。

一直在等的人没有出现，有点失望，这是缘分使然，还是本来就不存在。

心如同雨声，细腻而柔软，干干净净。头上顶着伞，在雨中寻找。找不到，不可能找到，明知道这样，还是要找。雨越下越大，天色阴沉，不是一种好的赞美。

实在受不了了，不找了，可耳边都是雨的声音，耳边只有雨的声音，找不到的等，是一种病。

经历过了漫长、放弃，时间会治愈一切，伤口愈合，有疤痕，但比疼痛好许多。

放弃寻找的等待是正确的，因为寻找的等待没有结局，未来的天气，也不再是雨。

　　心就像雨，雨过天晴，日光射进空气的缝隙里，然后又在缝隙里爆炸，渗透每一个角落，天空显得悠远，飞鸟安逸，一切都好，很平静。

武汉下雨

　　武汉在下雨，突然地下起了雨，没有任何征兆地下着雨。雨并不大，打在身上，也没有那种冰冷的、生硬的疼的感觉。雨中淅淅沥沥地散布着人流，一把把伞顶在头上，来往着。从远处看，从天上看，沿着路看去，人群仿若长龙，连贯了交通。还有那些车，那些梦中才有的繁荣，一起交融成一幅景，这是上帝的画作。我穿着新衣，手里提着钱包，匆匆地走。马路两边种满了树，巨大的树干，绿色的叶子，把天雨和路面隔开。东湖边上满是垂钓者，观看的人聚集在一起。随着雨越下越大，观众逐渐散去。可那些垂钓者却没有离开，他们撑开了准备好的巨大的伞，守着钓竿，等待，盼望，期待，能有所收获。而当我们坐上车，在东湖边行驶时，湖景呈现出一种烟雨朦胧的奇异，水天交接处是一片模糊。我们打开车窗，风在耳边吹过，有一丝冷意，这令我想起古代的中原，凛冽的楚歌。车停下，路的两边都是湖水，我们夹在中间。左边望去，水面泛起涟漪，右边的水，因为作起的大风，波澜壮阔。就是这样的一个位置，把东湖一分为二，一半是细腻，一半是粗犷。拍照留念，回家。

寒雨

　　马鞍山的雨有时带着一种冰冷的寒意，虽然是在初春时节，气候温和，雨一滴一滴地落下，打在头上、身上，刺骨又安静，打散了春天的暖。我在家门口溜达了一圈，眼睛朦胧，眼前尽是雾气。我走我的路，顾不上周围的风景。街上没有什么人，人们忙碌着，为生计奔走，没有人注意到我的存在，我也不在意别人的目光。我回到家，坐下，写下了这篇短短的游记。笔和纸就在身旁，还有杯凉水，书包里空空的，很干净。桌上有咖啡和茶叶，咖啡代表了西方的文化，茶叶是东方的传统，咖啡馆和茶馆，两者都是休闲的去处，但氛围是不同的。楼下的树开花了，街上的樱花树也开满了樱花，马鞍山的浪漫就在这种花香的环境中诞生，还有佳山上面的花，雨山湖湖畔的花，到处都布满了花的美。凉意四溢，没有寒风。这种冷不是气温的原因，这种冷是渗透在骨髓里的暗影，这种冷是一种萧索的冷漠，伴随着滴滴细雨，直入人的内心。

一万年

　　昨日，你坐在窗前，看着窗外的风景，宛如画卷。今天，你靠在枕边，听着我对你说的话，一个人流连。

　　不管是来世，还是今生，都已经成为定格的胶卷，冲洗出来的，是那美丽的一片片。

　　我爱高山，我爱大海，我依然爱你，我的一年年。思绪回到原点，过去的旧日子里，是香水熏陶的等高线，Say:

　　I will always love you.You will belong to me forever.

　　新来的时间里，我们共同携手，走向苍苍青天。

记行

　　马鞍山这几天总是阴雨绵绵的，人们出行不太方便。清早起床，窗户密闭，听不见雨声，却看见雨点如同串联的玉珠般从天上连到地面。打开窗户的时候，风呼啸着，从这头吹向那头。其中夹杂着微茫的雨滴，透过窗纱，打落地面。下午从健身房出来，要了一杯仙草冻奶茶，和着面包，一起送进肚里。本来想去八佰伴逛一圈，看看新到的衣服、牛仔裤的款式，但因为风大，所以作罢。回到家，家里没人，除了我。爸妈都在单位上班，领着工资，平静地过日子。这段时间，我在纠结，看书的话，如果看得太快，书中的内容只能领略大致的意思，看得太慢，一本书要看好长时间，快看有助于广泛阅读，慢读不至于忽略细节。为了提高写作水平，我选择慢读，也就是精读。我已经很久没有出去旅游了。中午，我告诉妈妈："妈，我想去上海。"妈妈回答我："好，你爸爸学会了开车，有空我们一家三口一起去。"有了这段对话，我打开一瓶咖啡，嘴里美滋滋的，心里面也是美滋滋的。据说，喝脱水山楂冲泡的饮料可以减肥，这段时间，我天天喝，喝完了再泡，再喝，估计要有一个月的坚持才会产生效果。曾经，我140斤，现在，我180斤，我要想恢复以前的身材，需要严格的履行计划长达一年，虽说日子过得很受罪，却不用担心因体重增加而会带来那种颓废的感觉。到了5：46，雨落没有停止，雨滴却好像越落越小，越落越稀疏。绵绵细雨，凉飕飕的风，这是南方城市独有的那种小而精的，虽然阴冷却又不失情调的，柔和细腻的美。时间在悄悄流逝，这种美并没有伴随着这片流逝而流失，而是如同一粒种子，在泥土里种下，生根发芽，直到有一天，枝繁叶茂，开出美丽的花。

自我剖析

　　下雨了，天空是惨淡的颜色，行人打着雨伞匆忙走过。晚饭后，我在窗前坐下，窗外弥漫着大雾，近处远处，点点灯光像是孤独的星火，照耀着，闪烁着，成为夜晚即将来临的标志。最近几天以来，我没有什么特别的所见所闻所感，日子过得很快，现在已经是三月中旬，距离我从太平回来，将近有一个多月。而这一个多月的时间，仅仅只是眨一眨眼。回想一下，这一个多月我做了些什么，脑子一片空白，我无聊地待在家里，每天重复着同样的颓废。现在才发现自己已经止步不前，有的时候，坚持去做一件事情比三分钟热度的突发奇想难上很多。现实生活中，我并不是一个没有毅力的人，只是有了过多的担忧，以及缺乏行动的勇气，也可能只是想逃避一段时间，作为一种安慰和休憩，所以才无所事事。但是我已经受够了这种日子。它们是一种折磨，一点点地磨去我的坚韧，让我情不自禁地退缩。我就好像一个病人，自暴自弃，自怨自艾，没有人同情。下午 6：30，再过半小时就是夜晚，被灯光照亮的天空，呈现出奇异的色彩，只是这已成为一种司空见惯，才没有人去注意。有句话说："时间可以洗去一切。"不管是伤痛的记忆，还是光辉的荣誉，天地间的事物，在时间面前，不过是过往云烟，转瞬即逝的一刹那，就连我们的生命，也如同鸿毛般微茫。只是因为有了社会这样的，如同一台机器般完整的，同时又残缺不全的存在，每个人在几乎相同的时间里所创造的价值才不同，于是，有的人被人尊重，有的人被人瞧不起。明白了这些，就明白，人生如同一场戏，看似平平淡淡，实际充满了精彩。在最后，我想说的是，其实，我已经走出了这一个多月的阴霾，从下午进入健身房的那一刻开始，我清楚地感觉到，我找回了自信。

随笔

　　在麦当劳喝一杯咖啡，静静地坐下，享受着这嘈杂中的无形的安静。外面人往人来，即使是在这安静的片刻里，也无法阻挡人们进进出出。我不是来吃午餐的，我只是漫无目的地游走，找个安静的庇护地。观察四周的人，有长得好看的，有长相一般的，也有长得不怎么样的，虽然长相各不相同，但至少在人格上，人与人之间是不存在隔阂与陌生的，人生是平等的，只不过是在社会的束缚下，有了人与人之间的偏见、纷争，以及不公平。我并不是一个思想深刻的人，但我有自己的看法，虽然这样的看法无法改变任何事实，但它存在着，根深蒂固地存在着，影响着我的思维，习惯，并决定了我的行为方式。Lunch time，听说英国人只吃早餐和晚餐，午饭被下午茶所取代，其实，我也不喜欢吃午饭，中午，我一般会喝一点东西，这样，就足够了。麦当劳中的人流逐渐散去，只留下一片片的身影，我依然坐在那里，坐在对面的是一个外国女人和一个中国女孩，他们用英文交流着，我能听懂一点。郑智恒在南京，明天是公务员考试，他希望能在南京考一次，了解情况，然后再参加马鞍山的公务员考试。每个人的心中都有一个理想，他们为了这个理想而努力，奋斗，不顾一切，奋不顾身地拼搏，而当理想成为现实，他们开心地笑着、庆祝，而他们的亲人、朋友，也会为他们的理想的实现而感到骄傲。仔细想想这一切，这个世界是多么的美好，我们都要怀着理想，顽强地活着，这份坚强，在未来，造就辉煌。

Start

　　天亮了，星斗散去它们的身影，隐没于无形。太阳从地平线上爬起，大地恢复生机。勤劳的人们此刻从梦中醒来，开始一天的忙碌。花草树木，悄悄地，窃窃私语。

　　中午 11：00，我冲完澡，喝了一杯咖啡，坐下，拿出 iPad 2，开始写作。最近没怎么看书，对文字的感觉不如从前，写作过程中，有犹豫，有思考。妈妈坐在旁边，静静地睡着，醒了，我给她削一个苹果，她很开心。电视里此刻放着抗日的电影，我边写边看，情感纠结。

　　最喜欢的咖啡，Maxwell House，比雀巢的好喝，我喜欢在咖啡里放许多牛奶，喝出来的味道是 Latte。抗日的电影放完了，没看明白其中的意义，感觉很假，没有创新。昨天和一位美女共进晚餐，在 Pizza Hut，对方问我有没有谈女朋友，我说没有。她即将毕业，已经恋爱，所以我就另找伴侣吧。

　　人们都说，爱情是盲目的，它会将你引向一个深坑。一段感情的开始，并不一定决定了它必将终结。倘若遇到一个爱你的人或者你爱的人。就去全心全意地呵护，这份来之不易。

其实可以大气

　　吃过晚饭，坐在桌边上，看着窗外的夜色，心境平和。晚饭吃得很少，都是素食，作为一名素食主义者，我感到有那么一丝的禅意。即使是在家里，也无法阻止自己对智慧的渴望，其实我是很希望自己能安心待在学校里的，却总是困于人际关系而没有坚持，这令人沮丧。多么想变成乔布斯啊，成就伟大的理想，做出惊艳的产品。未来需要勇气，今后不论做什么，都要有责任心，要努力去把它做好。不能一味逃避，现在可以暂享安逸，但总有一天还是需要去面对，要严格地要求自己，这样才不至于消沉。其实我是一个热心的人，热爱自己的生活的一点一滴，很柔软，很细腻。我缺乏坚定与坚强，经常困于小事，因小失大，对未来也没有什么信心，是一个带着烦恼和忧愁的人。我也有开心的时候，和朋友的相处让我很开心，自己做好一件事，也会让我感到满足。我喜欢和别人比较，从而忽略了自己的优秀，我不自信。我需要自信，自信是培养出来的。在我成长的过程中，受到的打击多了，所以总是自卑。我缺乏对人生的思考，缺乏一种勇往直前的精神，缺

乏百折不挠的勇气。我需要帮助，需要改变自己。我同时
需要梦想，需要目标。或许，在将来，我可以变得更好。
但是在现在，我要超越自己，要像个局外人一样冷静地看
待自己的问题，从而做出最正确的选择，最好的判断。

年少轻狂

260

现在是11点整，起床后，闻到一股温暖的花儿的余香，我穿上衣服，整理完床单，泡了一杯咖啡，坐下。过一会儿，妈妈就要下班了，不知道爸爸是否回来吃午饭，家是温馨的，我享受着这片刻的安静。昨天是哥哥的生日，收到我发给他的邮件，他说这是他见过的最好的生日礼物。下午要回学校上基础英语课，我已经做好准备，蓄势待发。我不一定是最认真的，但我很努力。我不一定是最优秀的，但我追求完美。虽然路途坎坎坷坷，但我从不放弃，我总是希望能做得更好，我永不满足。王伟帆是我的名字，这个名字有着很深的寓意，象征着海上航行的风帆，经过暴风雨等诸多的洗礼，最终到达遥远的国度。一杯水所能容纳的，只是一杯水。而一片大海能容纳的，却是半个世界。经历痛苦，折磨，最终得到的，是一颗钢铁般坚韧的心，一个伟大的灵魂。生命中没有所谓的借口，要严格地对待自己，才不至于堕落。最后，在海上，王者伟大，扬帆远航。

重复

那彩色的碎片，依然存留在记忆里盛开的花儿，落下余存的温暖，让人觉得很害怕，而我的旅途，才刚刚发芽。星辉闪耀的，是别人的梦想，留给世界的，只是一瞬光芒。漫漫长路的尽头，是黑暗般的恸哭，梦境变成现实，在边缘崩溃。歌词，唱歌的人，诗句，吟诗的少年，教堂广场，卢浮宫画廊。艺术就是，人与神的对话。

完美不存，时间永恒，美的光彩夺目，无比绚烂，脑海中的浮想，此刻变成现实画面，交响乐响起，遍布整个大堂。

雨 Version 6

阴天没有下雨　心情却好似雨滴
撑起伞出门望去　街上行人来往川流不息
木瓜牛奶　拿铁咖啡
望着失落的雨　悲怆了大地

天空高远　心如明镜
森海塞尔 IE 80
中频好似光雨　温暖人心
就这样静静地听　直到雨停

地堂湿漉　漫布落雨
少男少女　嬉笑涉过
伞柄尖长　托起雨水
太阳洒下　光华四溢

流年划破天际　是祝福
雨伞长过比肩　是安慰
我们到底有没有资格走过这片雨
去往天际 去往无垠

雨 Version 7

其实今天并没有下雨　但外面的烟尘好似雨滴
我也就应景地撑起雨伞　遮挡日光

坐在 KFC 里　看车来车往喷吐尾气
因为星巴克没开　也只好这样

雪顶咖啡的味道自然比不过红茶拿铁
随性啜饮　写下妙不可言的醉话

待到灯塔引导归家的航船
我也会站在那里眺望远方

Song and Jobs

乔布斯不会唱歌　不会写作
但他是一名艺术家　行为艺术家

一直以来喜欢苹果　也喜欢吃苹果
所以品味好好　皮肤好好

在那段短暂的悲伤日子里　我经常放声歌唱
同学们都喊我乔布斯　说我是艺术家

再也不会有了吧　这样的时光
所以就一路向前　驶向远方

DUO

陈奕迅 DUO 演唱会
我从没买过门票

因为票价太过值钱
我伤不起那钱

所以就靠网络下载
边听边唱

可珍惜我吗
会体恤我吗

我也会写
能帮助我吗可救救我吗

好听
好玩

Love

唱一首爱的歌谣　伴你入眠
摇篮曲没有灵感　连灵魂也战栗发抖
热情洋溢的文字　洋洋洒洒
就这样洒脱地写　应景地写

远处驰骋的车辆　它们给我催眠
屋顶上的鸟巢不知何时被人嫌弃
傍大款的女孩子们衣着光鲜
手舞足蹈吧　为爱颂扬

或许已然时间长久　我已忘记悲伤
脱下披荆斩棘的战甲　我心颓疲
明年今日的舞台上面　有你的身影
我也就乘风 替你歌唱

Like

曾在微博上看见过这样的话语
time is like the moment
life is like a song

我就想了　这或许是在歌颂吧
时光带来爱情　生命带来喜悦

我们每天都是这样步步向前　从来没有小心谨慎的时间
诗人也是如此　借酒浇愁一醉方休

女孩子们　小男生们
淑女　绅士　也就是 ladies and gentlemen

看起来似乎时光只是一刻　生命短暂如歌
也就享受吧　至少别忘记快乐度过这短暂如歌的一刻

Lily

一直以来喜欢顾里　爱她的美貌　爱她的机智
她有很多财富　她把很多人事踩在脚下

她是披坚执锐的女神
她战无不胜

可是啊　顾里
你怎么就那么心甘情愿地屈从于命运

上帝打了一个喷嚏　相中了顾里
上帝和顾里开了个玩笑　置她于死地

后生之时　顾里顽强挣脱命运
就快要摆脱逆境的分秒之刻　一场大火将她烧成灰烬

连灰也不剩了
这就是这个荒谬故事的结局

我想我是不会认同的吧
至少也让顾里　成为象征　活在我心里

每个人都是顾里
每个人都没有放弃

Coffee

咖啡杯底　刻上铭的字眼
一杯咖啡很快见底　铭字浮现

冬天依然下雪　所以我爱吃雪顶
雪顶下面的棕色液体　苦涩而甜蜜

就像爱情那样
就和幸福相关

我时常注视着那些甜美的笑容
我时常一个人偷偷地猜想

若是换了另一个人他会怎样
可能喜欢红茶　可能喜欢绿叶

不一定会和我一样
深深热爱 latte coffee

Autumn

秋天看似平静
纷黄的落叶
撒满大街

我在雨山湖畔的大街
独自细数惆怅寂寥无边
周围行人来往　车水马龙

我是孤独的旅者　行走在无边的草原
风吹草低　牛羊隐现
风吹草动　思绪起伏

一个人是秋天的果实
也只有爱过了　春华过了
才会迎来秋天的结束

秋天过后是冬天
寒冰白雪　万物凋零之后
又将迎来爱情　一个崭新温暖的春天

Believe

I believe
I do believe
相信也是一种罪　停留在思念两端

信任感　安全感
被背叛的感觉

独特的犯罪
命案现场

警察相信
这是情杀

凶手并不变态
只是太过相信　太过安全

以至于被背叛了
就只剩漠然

以及仇恨

so

因此王子与公主
在一起不会地久　不会天长

因此　时间尽头落泪
哭红的是天理之双眼　以及海角天涯

so sing a love song
为爱颂扬

待到山花烂漫　海枯石烂
我会在天涯　改变命运

Smile

你会笑吗
当我流泪

你会笑吗
当爱疲惫

你会笑吗
当时间的棱刻上美人的额角

那时你会笑吗
当爱情已死
时间老朽枯萎成悲剧

Make

我时刻都希望　自己是一名工匠
制作出的幼小心房　可以暖心地发光发亮

温暖那些走夜路的旅人
温暖那些还不习惯一个人独处的孤单心事

冬天下雪　饥肠辘辘的犬儿围坐炉旁
火苗哗哗剥剥　带来的温暖拯救沧桑

好想制作　那些足以打动世间荒凉的旅途风景
在一个人孤独落寞的时候　可以振奋命运
悲悯寂寥的世事与日渐仇恨的本念

Made

过去曾经希望制作　但那已经是过去时
现在已经历尽千种风情　心灵倦老颓疲

所以就让一切都过去吧　包括吾爱与风雨般的憎恨
不再制作的工匠　也没有转行

只是抱着自己的作品　偶然在历尽尘事
过往时恍然忆起
然后又在悠哉入眠时忘记包括吾爱与千百回的刻骨之恨

极

极地吹起暴风雪 染白北冰洋的深邃蓝天
考察队蜷缩 不敢向前

极地白熊觅食 无谓狂风暴雪
等待天色渐晚 等待恨意无踪

待到烟雪消散 相见恨晚
直想吹响号角 令人迹灭